真の賢者
アリアケ・
ミハマ
竜王の末姫
コレット・
デューブロイシス

雑魚め。
爆ぜろ

大聖女
アリシア・ルンデブルク

勇者（笑）
ビビア・
ハルノア
エルフ族の姫
セラ

勇者パーティーを追放された俺だが、俺から巣立ってくれたようで嬉しい。

……なので大聖女、お前に追って来られては困るのだが？

1

CHARACTERS

アリアケ・ミハマ

勇者パーティーの荷物持ち(ポーター)で無能扱いされているが、その正体はありとあらゆるスキルを使用できる《真の賢者》

アリシア・ルンデブルク

勇者パーティーの大聖女にして国教の教皇。勇者ビビアとともにアリアケを追放するが——？

コレット・デュープロイシス

竜王ゲシュペント・ドラゴンの末姫。千年間幽閉されていたところをアリアケに救われてから彼に同行するようになる

ビビア・ハルノア

聖剣に選ばれし王国指定勇者。最も魔王討伐に近い存在とされ、幼馴染みでパーティーの一員だったアリアケを追放する

セラ

温厚なエルフ族の姫。エルフ長の兄とともに、枯死が急速に進むエルフの森を救うため奔走する

CONTENTS

1 勇者パーティー追放 010
2 殺され解放されることを望む少女を救う話 027
3 賢者は冒険者ギルドを訪れる 110
3.5 アリシア・ルンデブルクの修行風景 155
4 エルフ族を滅亡の危機から救う話 156
4.5 聖女さんの入浴 244
5 オルデンの街の貴族 246
5.5 聖女さん、号泣する 326
あとがき 328
巻末おまけ短編 336

1、勇者パーティー追放

「アリアケ、てめえは今日からこの勇者パーティーをクビだ！」

「馬鹿が、それは俺のセリフだ」

目の前の男に俺は即座に、心底馬鹿にした感じでそう言い返した。「なあっ!?」

目の前の男は驚愕するとともに、次は怨嗟とも言うべき視線を向けて来た。

その姿に俺は心の底から嘆息する。

俺の名前はアリアケ。アリアケ・ミハマ、18歳の男だ。

このグランハイム王国で冒険者をやっている。

いや、やらされていた、と言うべきかな。

見解の相違はあるかもしれんが。

ふ、と俺は唇の端をつりあげた。

ここは冒険者ギルドの一角。

そして周りにはいわゆるパーティーメンバーがいる。どいつも俺を親の仇と言わんばかりの目で見てくる。見解の相違というのはこれだ。今俺は、役立たずというレッテルを貼られてパーティーからの追放を宣言された。

そこで、先ほどの台詞というわけだ。

だが別に馬鹿にしているわけではない。ついつい、正直な感想を吐露してしまった、という方が正しい。

嘘を吐くのが苦手なのだ、俺は。偽ることが。

だが、その真実の言葉に、パーティー…………いや、元パーティーと言った方が適切だろう。俺がもはや彼らをパーティーメンバーとは認めていないのだから……。ともかく、俺の真実の言葉に、彼らは、そんな返事がかえってくるとは予想だにしていなかったのか、

「なッ…………なッ…………！」

口をパクパクとさせていた。

俺はまたしても唇をつりあげてしまい、

「ふ」

微かに笑ってしまった。だって、これではどちらが追放を宣言されたのか分からないではないか。

その滑稽さに思わず笑みをこぼしたのである。

「何を笑ってやがる！　アリアケ！　お前は今の状況が分かっているのか!?　追放だ。お前はこの栄えあるビビア勇者パーティーを追放されたんだぞ！　この俺、王国指名勇者ビビア・ハルノアによって！」

そう絶叫したのは、ビビアという、俺と歳の頃は同じの男だ。《聖剣ラングリス》に認められた

ことから最も魔王討伐に近い男と言われている。

「そうよ、そうよ！　ビビア様に謝りなさいよ！　アリアケ！　単に私たちの幼馴染ってだけでおこぼれに与(あずか)った棚ぼた荷物運び男!!」

次に叫んだのは赤毛の女、デリア。女拳闘士。魔力で肉体を強化し、また《祝福された拳》による防御不可攻撃のスキルを持つ無敵のファイターと名高い。

こいつも俺と歳は同じくらい。というか、パーティーはあと3人いるが、そいつらも全員同じ年齢だ。というのは……何せみんな同じ村の幼馴染だからな。

残り3人も同じことを言ってきた。

「確かにお前の存在は俺たちパーティーの連携を著しく損なってきた。勇者ビビアの判断は正しい」

盾役のエルガー。たくましい肉体を強化して戦うファイタータイプ。ともかく無尽蔵の体力値と鋼の防御力を持ち、魔法耐性も他の追随を許さないと言われており、王国の盾との誉れも高い。

「ま、どうでもいいじゃない。こんな使えない奴。さっさとここでお別れしましょうよ、ね、勇者様♡」

魔法使いのプララ。金色の巻き毛が特徴。魔法のアレンジが得意であり、魔力量が1万を超える。魔王すらそれほど強大な魔力量は持たないと噂されており人類の切り札などと言われているらしい。

そして最後に、

「とうとう来るべき時が来てしまったのですね。長かった……どれだけこの時を待ち望んでいたことか……。これも神の思し召しですね」

「はっ、アリシアにすらここまで言われるとはな！」

「それこそ神の託宣というものよ、分かったの、アリアケ！」

聖女の言葉をかさに着て、勇者ビビアと拳闘士デリアが声高に叫んだ。

……大聖女アリシア。

美しい長い金髪と碧眼。神々しいまでの美貌とまさに神の祝福がもたらす福音により常人には持ちえないオーラを普段からまとっている。ほとんどの上級回復魔法がなかば伝説と化したこの時代の中で、半ば蘇生魔術すら使いこなす彼女はまさに伝説級の聖女と言われている。この国どころか世界中にその名をとどろかす偉人的存在。

そんな聖女ですら俺のパーティー追放を喜んでいるようだ。微かに笑みすら浮かべている。俺を追放できることがそれほど嬉しいということなのだろう。

と、俺と目が合うと、すぐにプイと、笑みを消し視線をはずした。

やれやれ、嫌われたものだな。特にデリアとプララの態度は、勇者であり、ひいては権力者であるビビアにゾッコンといった様子だ。

だが、なんだか、うん？

ちょっと俺は首を傾げた。ひるがえって、アリシアの台詞にどこか微妙な違和感を覚えたのだ。

何というか、一人だけ毛色が違ったような……。

ま、そんなことはどうでもいいか。

俺は内心ため息をつく。何せこの大聖女アリシアが、恐らく俺を一番嫌っているからだ。

例えば、今のように俺とは目も合わせないし、会話もすぐに切り上げようとする。話していると顔を赤くしてすぐに怒るし、俺が行動しようとすると信頼していないのかすぐに止めてくる。それに何より、常に、どんな時でも、いついかなる時も俺を追うような監視の目を向けてくる。例え冒険をしていない時のプライベートの際にだって、時折監視の目を感じるくらいなのだ。完全にまったく信用されていないのだろう。

やれやれ、まったく枚挙にいとまがないとはこのことだ。

なぜこれほど嫌われているのか分からない。だが、ともかくこのアリシアこそが、俺を一番嫌いに嫌っていることは間違いないのだ。そう、これは完全に間違いはない。なぜなら、俺の勘はよく当たるからな。

とまあ、そんなわけで、俺は冒険者ギルドの一角でパーティー追放を宣言され、こうして元パーティーメンバーたちから罵詈雑言を浴びせられているわけだ。

「ハエみたいにうるさいものだなぁ」

……おっと、しまった。

またしても、ついつい本音が漏れてしまった。正直すぎるというのも美点だけとは言えない。

なぜなら、案の定、そうした本音に過剰に反応してしまう人間が少なからずいるからだ。

例えば、もちろん俺の出来の悪い幼馴染たちとかだ。

「て、てめえ、いい加減強がりを言ってるんじゃねーぞ、アリアケ！　お前みたいなお荷物、俺様のお情けでパーティーに入れてやっていたのに、追放されちまったら引き取ってくれるパーティーはないんだぞ！」

「そうよ、アリアケ！　謝るなら今のうちよ！」

「立つ鳥は後を濁すべきではない。いかに無能なお前であろうとも、最後の最後までそうした振る舞いをすれば、幼馴染である俺たちも情けなくなってしまうぞ」

「ハ、ハエとか、ちょー腹立つんですけど。ここでボコっちゃおうよ！　ねえ勇者様！」

「はぁ……」

思った通りみんな激高してしまった。聖女だけは嘆息をするにとどめたようだが……。それがまた俺への敵愾心（てきがいしん）の表れだと如実に感じられた。露骨に嫌悪を示されるよりも、よほど感情的な反応だと思われた。

ただ、変わっているなと思ったのは、彼女が冷ややかな表情を浮かべていることだった。いや、そこまでは普通だ。だが、そういった侮蔑の視線というのは、その対象にぶつけるもののはずだ。なのに、彼女は一切俺の方を見ず、幼馴染たちに顔を向けていた。

まあ、俺を見たくないくらいに嫌悪しているということだろう。まったく、昔は俺の後をずっと付いて来るくせに言葉一つかけてこないという、恥ずかしがり屋な娘だったんだがな。

成長して聖女とさえ呼ばれるようになった今では、ずいぶんと変わってしまったということだろう。

「いいから話を進めろ。いちおう聞いておくが、なぜ俺が追放されねばならんのだ？」

理由を話す機会を与える。

「お前らにも何かしらの言い分があるのかもしれん。その理由を言ってみろ。ただ俺は忙しいから簡潔にな」

そう言い添えた。

「何を偉そうに！　そんなの決まってるだろうが!!　お前が無能だからだよ!!」

そうビビアが言った。

俺はため息をつきながら、

「はぁ……。理由を言えと言ったんだ。それは、具体的に訳を言えということに決まっているだろう？　そんなことも理解できなかったか？」

「っ……！　あんたいい加減にしなさいよ！」

デリアが顔を憤怒に染め、俺に殺気を飛ばす。今しも殴りかかろうとする。

だが、さすがに勇者を名乗るだけあって、それを制す。

「やめろ、ははは、なら言ってやるよ。しかもメンバー全員からな！」

勇者ビビアは余裕たっぷりといった様子で宣言した。

「簡潔にと言ったのだがな。まあいい。ではお前からだ、ビビア」

俺は呆れながら指名する。

「命令するんじゃねえ！　このクソ無能野郎が！　追放する理由は簡単だ。まず、お前は一切の攻撃・防御魔法が使えねえ！　攻撃にも防御にも、何の役にも立たねえ。使えると言えば探索や毒消しなんかの補助系魔法ばかり！　そんなのは誰でも使えるんだよ！　つまり、パーティーにお前の力は不要ってことだ。足手まといなんだよ。ああ、これ以上の理由はねえ！　そうだろう、みんな！」

勇者ビビアの言葉に、他のメンバーも続く。

「その上、攻撃力もないし、これと言って得意な武器もないわ。いつも私たちの後ろで守ってもらってるだけ。荷物を運んだり、キャンプをはるだけなら、その土地で雇った案内役で十分すぎるわよ！」

そうデリアが言えば、

「男らしい鋼の肉体もない。そのひ弱な体ではとても今後の魔王軍との戦いに付いて来ることはできないだろう。俺の役目はあくまで魔王軍と戦う勇者パーティーを守るためのもの。お前のような後ろで何もできずに震えている輩のためではない」

エルガーが淡々といった様子で言う。

「ていうか、いつも変な意見を言い出すから私たちいつもめっちゃ迷惑してるんですけどー！　この前だってダンジョンでいきなり、こっちは罠があるからって、遠回りさせられるしさあ！　大げさなんだよ、あれくらいの罠なんて楽勝なんだから前進すべきだったよね！　迂回したせいで余計なモンスターとも遭遇したしさぁ！」

憎悪の炎を燃やしながら、プララは言った。

「あなたにこのパーティーはふさわしくありません」

そして、聖女アリシアも結論づけるようにそう口にした。

相変わらず冷ややかな表情を浮かべながら。

まあ、やはり俺の方に顔を向けてはこないのだが……。

「お前たちの言い分は分かった。では、俺からもいくつか忠告がある。俺のスキルのことなんだが……」

「はぁ？　忠告だぁ？　はん、今更泣いて謝っても戻してやるつもりはねぇよ！　今の俺たちからの言葉を聞いても分からなかったのかよ！　お前に聞くべきことなんて一つもねぇんだよ。それにスキルだぁ!?　お前にはユニークスキルが『ない』だろうが!!　役立たずの凡人!!　何より今更パーティーを去るお前に何を聞くっていうんだ！」

「ん？　いや、そうではなくてだな…………」

「さっさと消えろ！　お前はクビなんだよ、アリアケぇ!!」

ビビアが鬼の首を取ったとばかりに……最後通告とばかりに立ち上がると同時に、俺を指さし大声を張り上げた。他の奴らも同じ意見のようだ。

ううむ。

「まあ、そこまで言うのなら、あえて口にはしないが……」

腐っても幼馴染。俺は最後までこいつらのことを心配し、後ろ髪をひかれる思いを持つ。

だから、やはり聞かせておいた方がいいと思うのだが……。

「早く行ってください、アリアケさん。先ほども言いましたよ、このパーティーはあなたがいるにはふさわしくない、と。聞く耳を持たないというのは悲しいことですね」

アリシアが淡々とした口調で告げる。その言葉に他の奴らも笑みを浮かべた。勝負ありとばかりに。

ま、まあそこまで言うならしょうがないか。

俺は後ろ髪をひかれる思いを抱きつつ、冒険者ギルドを出て行ったのだった。


……こうして俺は、幼い頃に夢枕に立った『神』からお願いされた「幼馴染の勇者パーティーを時が満ちるまで背後より助けてバックアップせよ」という言葉に従い、『義理』だけで参加していた勇者パーティーからついに解放されたのである。


……まったく、今思い出しても厄介な依頼だった。

まずもって、幼馴染を助けろ、などと言われれば、……何よりそれが彼らの命に関わることなのが明白なのならば、俺という人間が断ることなどできようもない。俺の善性に付け込んだ巧妙なやり口であったし、そういう点でも悪辣な神だった。まあ、それで彼らが今まで生き永らえて来られたのだから、俺としても後悔はないのだが……。

次に厄介というか、面倒だったのは、この神託によって俺が授かったスキルが『バックアップ』そのものだったという点だ。俺はあくまで彼ら勇者パーティーの影の支配者、黒幕、後ろで糸を引く者であり、決して表舞台には出ないというのが前提であった。だから、俺のスキルというのは、補助系、探索系、そういったスキルをオールマイティに使えるのが、俺のユニークスキルとして付与されたのである。

で、これまた厄介なのが、俺のユニークスキルは一見、何のユニークスキルも持っていないように見えるのだ。が、しかし『実は万能』なのである。そういうややこしい性質なのが俺のユニークスキルなのである。

普通ユニークスキルは鑑定などによってステータスに表示される。だが、俺のユニークスキルはそうした表示はされず、あくまで膨大なスキルが表示されるに過ぎなかった。だから城で鑑定を受けた際も……たとえ上級鑑定官でさえも、俺の真の力を見破ることはできなかったのである。そのうえ、現在俺は念のため、ある一定レベル以上のスキルを見えないように《隠ぺい(インビジブル)》スキルで隠している。もはや、頭の足りない奴には器用貧乏なスキル持ちにしか見えないはずである。

まあ逆に、もしも俺の才能をしっかりと見抜ける者がいれば、それは物事の本質を見抜けるレベルの人間ということになるのだが……。ちなみに、こんな手の込んだことをしているのも、手の内をばらすと危険というのもあるが、何より万能すぎると周りが驚愕してしまうだろうという配慮の面もあった。

だが……本当に俺がいなくても大丈夫だろうか。ステータス上昇やダンジョンの罠回避、ガイド、準備……そういったことが、俺がいなくても本当に大丈夫だろうか。

確かに俺は攻撃魔法や防御魔法は使えない。だが、武器強化や防具強化、時間加速や遅延、回復力上昇など、様々な補助スキルを駆使していたのだが……。もちろん、あいつらもそれを理解していたはずである。……いや、してるよな。あいつらは俺の幼馴染だ。さすがにそこまで侮るわけにはいかないし、実際そんなことがあるはずがない。理解したうえで、自分たちだけでやっていけると熟慮したうえで、俺を追放したのだろう。

「いや」

俺は笑いながら首を振った。

「そうに違いあるまい」

俺は頷く。

あいつらならきっと俺がいなくても何とかやっていくだろう。神は時が満ちるまであいつらを助けてやって欲しいと言った。今まさにその時が来たのだろう。

なんだか考えていたら清々しい気持ちになった。

ようやく、自分が面倒をみていた子供が一人で歩き出したかのような、巣立ちの日を迎えたようなそんな気持ちになったのだ。

では逆に、と俺は思う。

今まで保護者のような生活をしてきた俺もまた、子離れをしなくてはならないだろう。さてさて、俺こそ明日からどうしようか。そんな風に自由をかみしめるのであった。

「僻地にでも行って、ゆっくりと暮らすのもいいかもしれないな」

独りごちながら、明後日の方向へと歩き出す。『オールティ』という町を目指すことにした。そこは冒険をしていた時にふと立ち寄った小さな町だ。だが、そこで暮らす人々は温かかった。

俺は呑気に未来へと進み始めたのだった。

……俺が去ったのち、勇者パーティーに大惨事が訪れるとも知らずに。

～閑話　一方その頃、勇者ビビアたちは～

「はぁ、やれやれ、清々したぜ！　くくく、あいつ、みじめに何も言えず出ていきやがったぜ。なぁ、みんな！」

「本当にそうです！」「あいつ、ちょーむかついたしね！」

俺こと勇者ビビアの言葉に、拳闘士デリアと魔法使いのプララが応じる。

パーティーの盾である大男エルガーは静かにうなずいている。

「アリシア、お前もそう思うだろう⁉」

俺は沈黙を守り、なんの反応もしないアリシアに水を向ける。

すると、

「勇者様のいないパーティーに意味はありませんよね」

そう言ってニコリと笑う。

「お、おう。そうだな！　ああ、この勇者ビビアさえいれば、このパーティーには何の問題もねぇよ！」

聖女アリシアも俺を肯定する。

最初聞いた時、意味が少し分からなかったが、要するに俺がいれば大丈夫……すなわち、アリアケを追い出せて清々したということだろう。

そう考えて俺は留飲を少し下げる。

俺たちは幼馴染で『リットンデ村』という寒村育ちだ。小さい頃からお互いを知っている。その中で俺が一番優れていた。リーダーシップ、剣の腕前、判断力、全てが優れていた。そして聖剣ラングリスを抜いて勇者としての選定が下され、城に呼び出された時、俺の運命は華々しく彩られることが確定したのだ。

「それなのにアリアケときたら、俺に意見してきやがる！　ユニークスキルもない、ただの器用貧乏のカスのくせに！　幼馴染のよしみでパーティーに入れてやってただけだってのに！」

それにあの見透かしたような目が気に入らなかった。単なる偶然で奴の勘が当たることは確かにままあった。だがアレはたまたま運が良かっただけだ。なのにさも当然と言わんばかりの顔をする！

「ビビア様に意見なんて、とんでもないことですわ！　ビビア様がパーティーの主ですのに！」

「ほんとほんと！　本当だったら身ぐるみ剝いで追い出しちゃえば良かったのにさぁ！」

「ははは、さすがにそこまでしたら可哀そうだろう！　情けをかけてやったのさ！」

「さすがビビア様ですわ！」

「勇者らしくて最高！　素敵じゃん！」

そうだろう、そうだろう！

俺は女たちの喝采を受けて満足する。聖女は何の表情も浮かべていないが、まあいつものことだ。何せ大聖女だしな。

だが、ああ、そうだ。俺こそが勇者であり、世界を救う人間なのだ。俺は正しい。だからこそ、デリアやプララは当然だが俺に惚れているようだし、アリシアだって、いずれ俺の女になるに違いない。表情に出さないだけで「勇者様のことを深く信頼している」って言っていることが俺には分かる。

いや、俺を認めるべきなのは、こいつらだけじゃない。

俺は内心でにやりと笑う。

いずれ魔王から世界を救ったあかつきには、この国の姫も俺のものにする。そうすれば俺が一国の主……王だ！

王になり下々の者たちを支配する。そして、その華々しい未来はもうすぐ目の前に来ているのだ！

俺は不快なアリアケのことなどすっかりと忘れてしまう。気持ちが落ち着きを取り戻し、自分が世界で一番優れた存在なのだと改めて確信する。

よし！　と気合を入れて、いつも通りにダンジョンの攻略へと向かうことにする。

だが、賢明な俺に油断などない。

「いちおうメンバーが一人抜けた後だ。とりあえず肩慣らしに以前攻略した『呪いの洞窟』にでも行くとしよう」

あそこなら確実に、簡単に攻略できるしな。

「堅実で適切な判断ですわ」

「むしろ邪魔者がいなくなってスムーズに攻略できるかもね！」

「わはははは、確かにな！」

デリアとプララの言葉に笑いながら、俺たちは出立の準備を始めるのであった。

「ん？　アリシアどうしたんだ？」

ふと気が付くと、俺たちの会話など聞いていないかのように、アリシアが窓の外から遠くを眺めていた。

その目はひどく遠くを見ているような気がした。

まるで俺たちがいないかのように……。

「いいえ、何でもありません。ちょっと足りなくなってきただけです」

アリシアが答えた。

おっと、何を考えていたんだ俺は。

ブンブンと首を横に振る。

そんなわけないじゃないか。俺は勇者なんだぞ。俺は冷静を装って話を続ける。

「足りない？　えーっと、何のアイテムだ？　聖水とかポーションか？」

まだ在庫はあったはずだが……。ええっと、くそ、アリアケしか正確に把握してないんだよな。

くそ、こんな時まで面倒をかけやがって。

「いいえ、もっと、ずっと、大事なものですよ。わたしの……成分が……」

聖女が何かを言った。だが、よく聞き取れない。

「？　ま、まあ。なんのアイテムのことか分からないが、よろしく頼むぞ」

正直、細々としたアイテムのことなど考えたこともなかった。

そんなことを考えるのは他のメンバーがやることだ。

それに、あまり詮索して聖女のご機嫌を損ねることは得策ではなかった。俺の勇者としての権威は、無論聖剣に認められ、王国の後ろ盾があるからだが、一方でこの大聖女が仲間であるという点も大きいのだ。

もし、大聖女が俺を見限るようなことがあれば、俺の権威は失墜してしまうだろう。

まあ、そんなことはありえないのだが。

俺の言葉に聖女は「ええ」と物憂げに頷いた。

そんな聖女の様子は、今まで見たことがなかったので気にはなったが……。

「おい、ビビア。洞窟のマップの件だが……」

エルガーに話しかけられて、そのことを深く考えることはなかったのだった。

とにかく俺たちはこの3日後、以前楽勝でクリアしたダンジョンへと潜ることになる。決してリスクのない、腕慣らしには最適な、簡単なクエストになるだろう。

2、殺され解放されることを望む少女を救う話

「一人旅というのもいいもんだなぁ」

俺はしみじみと呟いた。

幼馴染の勇者パーティーのお守りをクビになった俺は、一路『オールティ』という町を目指しているところだった。1か月以上はかかる旅である。

お守りをクビになる、というのも変な表現ではあるが、本当のことなのだから仕方ない。

あいつら、ちゃんと旅の準備はできるだろうか。アイテムの在庫管理や準備については、その重要性を常日頃から口を酸っぱくして言っていたから大丈夫だとは思うが……。

「というか、あいつらマップ読めたっけ？」

いつも俺が指示していたような気がする……。

俺は若干冷や汗を浮かべながらも、

「ま、まさかな。マップも読めない勇者一行など洒落にもならん」

やれやれ、どうやら俺もずいぶん過保護だったようだ。出来の良し悪しはともかく、生徒の巣立ちを見守るのも、保護者の役割だというのに。

勇者パーティーを追放すると言われた時も、彼らのような出来の悪い生徒が無理をするなと言う気持ちで、つい「馬鹿が」などと言ってしまった。

あれは俺の親心の発露だった。

きっと伝わっていないだろうが、上に立つ者というのはそういうものだ。

「ふ」

俺は清々しく微笑む。

案外、俺は彼らを指導することに充実感を覚えていたのかもしれない。何せ出来の悪い生徒ほど可愛いものだからなぁ。

そんなことを考えて、苦笑するのであった。

ま、それに、

「あのしっかり者もいるしな」

あまり心配しすぎることもあるまい。

などと考えていた、その時である。

『……誰か……た、助けて』

頭の中に何者かの声が、かすれかすれにだが響いた。どうやら、俺の脳に直接声を届けているようだ。

「これは……」

俺は驚く。なぜなら、俺は特殊スキルによって常時魔法障壁を展開している。はっきり言うと、例えば不意にそこそこの攻撃を仕掛けられたとしても無効化できるほどの障壁を、だ。

もちろん、そんなことは普通の人間ではできないレベルのことなので、秘密にしているのだが。

あまり特別すぎるというのも、周囲に警戒心を抱かせる原因になるという、そういう深謀遠慮からである。

さて、それはともかくとして、かすれてはいるものの、その声は俺へ達することができた。それだけで、そこそこの使い手ということが分かる。

「誰なんだ？　というか、人間か？」

そう、そこが疑わしくなってくる。俺の障壁を乗り越えてくる人間というのが、あまりイメージできなかったせいだ。

すると、

『!?……返事が……お願いじゃ……わしを……この呪いから解放することは誰であれ不可能じゃ……だから、わしを、せめて殺してくれ……』

「いきなり話しかけてきておいて殺してくれだと？」

訳が分からない。だが、答えられるとすれば一つだ。

「そんな依頼は受けられないな。殺して欲しいなら他を当たるといい」

『お願いじゃや。出来損ないとはいえ……竜族の誇りを失う前に……』

プツン。チャンネルを閉じた。こちらから一方的にだが。

向こうは縋るように何か言いかけていたようであったが……。

あと、竜……ドラゴンとか何とか。

多分嘘だろう。ドラゴンがこんな風に人間に助けを求めるわけはない。なぜなら、ドラゴン種族というのは人間に負けた場合、その人間に服従するという性質がある。伝説では結婚した逸話などもあるが……まあそれは嘘であろう。人間のお得意の誇張表現の結果に違いあるまい。ドラゴンが人間と結婚するなんてな。

まあ、とにかく、そんなわけで、そもそも助けを求めてくるようなドラゴンはいるはずがないのである。いたとすれば、何かしらの卑怯な手段で捕まっているといった奴くらいだろうか？

「そもそも、最初から助けてとお願いされていれば、また違うのだがな」

独り言を言って、歩き出す。

だが、

『お、お願いじゃ、助けて……』

ツーツー。

俺は驚く。またも無理やり障壁を乗り越えて来たのだから。

(もう一度だけチャンネルを力づくで開けた。それによる魔力の逆流……要するに俺の自動障壁によって、相手は甚大なダメージを受けて気絶してしまったようだ)

というか、致命傷かもしれない。

「まさか力づくで開けてくるとはなぁ」

呆れるとともに、俺の責任ではないものの、生来の優しさゆえに心配になってきた。

と、付け加えるならば、

「いちおう条件クリアか」

二度目の正直とも言う……かどうかは知らんが、ともかく『お願い』をちゃんとやり直して来たようだ。

そのこと自体は偶然だろう、だが、たとえ偶然でも、俺にそれをアピールできたのは幸運……すなわち天運、要するに実力と言ってよい。生きる力があるということ。ならば、

「あっちか」

急ぐ旅ではない。俺は街道を外れ、虫よけのスキルを使用しながら、森の中へと踏み入ったのである。

それに俺の鋭い勘が予感したのだ。ドラゴンが助けを求める。となれば、別の何者かの大いなる悪意がそこにあるのではないかと。

「やはり運命は俺を放そうとしないのか」

そうぼやきながら先を急いだ。

「なるほどな」

森の中を進むと結界にぶち当たった。

どうやら、最近地震があったらしく、結界の封印力が弱まっていた。

中の何者かはそれによって、声を外部へ届けることができるようになったのだろう。

だが、

「ふむ、みな死んでいるな」

　俺は周囲を見回して言う。

　盗賊か何者か不明だが、結界をこじ開けようとして失敗し、死んだ亡骸が散乱している。大方、金目のものがあると踏んで侵入を企てたのであろう。

（だとすれば、俺とは相性が悪い結界だな。何せ俺は欲望とは無縁と言って良い生き方をしているからなぁ）

　さて、どうするか。無理やりこじ開けても良いが、それではこの辺り一帯の生態系に異常が出るかもしれない。魔力とは力の渦のようなもの。結界とは魔力による環境操作に他ならない。だから現在の安定している状態を維持した方がいいだろう。結界だからと言って何でもかんでも破ればいいというものではないのである。力とはそれにおぼれずに使いこなす頭脳こそが、真の意味で必要とも言い換えられるだろう。

　と、そんなことを考えていた時である。

「くっくっく。おいおい旦那。一人旅とは危険だぜえ？」

　そう言って死体だと思っていた男が一人起き上がると、

「ヴオオォォウオオォォオオオ……」

「ゥウママママソソソソソ」

「ダヘッダ……」

周りの死体が動き出したのである。

「生き残りか。それにネクロマンサーの宝玉を持っているな？」

死体を操る魔具をその男は持っていた。

どうやらここで罠にかかった人間を、ゾンビとして利用しているらしい。恐らく、通りかかった人間を襲おうという計画だろう。

「偶々(たまたま)生き残った俺が、別の奴が持ってた宝玉を使ってるってわけだ。運がいいぜえ。これからは盗人なんてやめて、ゾンビに人を襲わせりゃいい！　さあ、やれ、ゾンビども！　コイツも仲間にしてやるがいい！」

「「「ヴォオオオオオオオオオオオ」」」

ゾンビどもが殺到して来るが……、

「やれやれ、いかにも雑魚がやりそうな手口だな。時間がもったいない、消えていいぞ。《復元》スキル発動」

「「「ギ!?　ギアアアアアアアアア……」」」

「……は？」

瞬時のうちに死体どもが塵となり消える。

《復元》スキルは、物事の失われた性質を取り戻すスキルだ。死体は死体に、灰は灰に戻る。

「お、お前一体何を……。ゾンビたちを一瞬で……異常だ……。んなことは聞いたこともねえ！お、お前は一体何者なんだっ……!?」

男は驚愕して目を剝いていた。まさに俺のやったことが理解できないといった風だが、

「そんなことより自分の心配をした方がいいのではないか？」

優しい俺は指摘してやる。

「……へ？」

「塵になろうとするゾンビが体を補おうとして、お前に向かっているぞ？」

「ひ、ひいいいいいいいいいいい!?　た、たしゅけて……」

「助けてやりたいが、ゾンビの主になった以上、食糧が尽きればその主は食われる。それがネクロマンサーの宿命だ」

俺はそう言って消えゆくゾンビに捕食される哀れな男を見下ろす。

「お、俺のゾンビだちが一瞬で！　こんなのは人間じゃない！　お、お前は何なんだ!?　ぎゃ、ぎゃあああああああああああああああああ!!」

「フ、ただの勇者パーティーを追放された、無能なポーターらしいぞ？」

「む、の、う？　あり……えない……。これ……ほどの……ちからが……」

男の断末魔の声は徐々に小さくなっていった。

「さてと」

俺は何事もなかったように再び結界へ向き直った。俺にとっては恐るべき罠も児戯に等しいゆえに何の感慨もない。

「この場合はこれだな。スキル《メタモル・フォーゼ》スキル発動」

シュウウウウウウウンンン。

そんな音を立てながら、俺の体が変化していく。

《モグラ》に。

「さて、どうかな？」

俺はモグラになって、地中を掘り進んでみる。

よくあるのだ。

案外盲点だった！　みたいなのが。

信じられないよ、そんな方法があるなんて、みたいな抜け道が。

まさかと思うので、わりと誰も確かめてみようとしないのだが、こういう結界を張る人間というのは、頭はいいのだが柔軟性に欠けるという特徴がある。

「おっと、こいつは？」

そう例えば今回のように、

「真下までは結界を張ってないパターンだなー」

こんなことがある。

信じられないが、土の中に隠れてしまっているので、結界を張り忘れるというパターン。

目の前のぽっかりと開いた結界の抜け道を発見する。これが真実なのだ。

「いや、というか誰もかれもモグラになれるわけじゃないが…………」

誰でも自由に形態変化ができるわけではないことを失念していた。何でもできると一般から外れて行ってしまい、特別なことを特別と感じなくなってしまう。それはそれで持つ者の悩みと言うべきか、つらいものだ。

それはともかく、俺は土中から浮上する。そして、

「ぷは！」

前人未到であろう、神殿の内部のようなところに出たのであった。


奇抜すぎる方法で潜入した、封印神殿には、大きな魔力反応があった。

光源を『ライト』と呟いて魔力で作り出す。

俺の強力な魔力は広範囲を照らし出す。通常魔法使いが使う範囲限定的なものではどうしても視界確保という点では片手落ち感がいなめない。そんなわけで範囲を広げるアレンジをしている。

さて、今いるのはドーム状の大きな一室のようだ。

俺は魔力反応のあった方角へと歩き出す。

ざっと見たところ、古びてはいるが、もともとの作りはしっかりとしていて、今にも崩れそうだとか、そういう状態ではない。

また、結界の大きさは外から見た時はそれほど大きく感じなかったが、内部は相当広いダンジョンのようであった。

どうやら、結界によって内部の空間を歪めていたようだ。

そこまでの状況を瞬時に頭の中で整理する。

環境認識、そして戦略立案。その準備と実行。

俺が勇者パーティーで発揮していて能力そのものだ。それによって勇者パーティーは最適な行動を取り続けてこれたし、成長の速度も速かったのである。

俺の背中を見た彼らが、巣立った後にどうなるか楽しみである。

反面教師という言葉はあるが、優れた教師の背中を見る方が成長の糧になるのは確かなのだから。

さて、そんな余談はともかく、俺は歩みを進めていく。すると、このドーム状の一室の出口の扉が見えて来た。そしてその両脇には悪魔をかたどった銅像が二体鎮座していた。

「ふむ」

俺はそいつらの目の前に『空間操作』のスキルを発動しておく。

さらに数歩近づいて行くと、

『侵入者か、赤き者を解き放とうというのか』『災厄の奴をか。愚かな、即刻排除する』

ゴゴゴゴゴ。

今まで単なる銅像だった二体の悪魔が、たちまち生物として動き出したのである。

そして、一瞬のうちにこちらへ飛びかかって来た。

常人ならば見切れないほどの速度だ。恐らくはこの神殿のガーディアン。防衛機構のようなものだろう。パッと見てレベルは60ほどだろうか。魔王麾下の将軍クラスがこれくらいの強さだ。場合によっては一国が動かなくては討伐できないだろう。

ちなみに、例えばゴブリンならレベルは5くらい。オーガなどでもレベル40がせいぜいだ。60がかなり高位レベルであることが分かる。

普通の冒険者では対応できないことは明白だ。

だが、

『ぐぎ!?』『ご、ごればばばっば』

目の前に、空間操作によって、大気の分厚い層を作っておいた。そこに思い切り頭からぶつかっていったものだから、思うように進めずにレベル60の防衛機構どもが焦りを浮かべているようだった。

しかし、

『なめるではないぞ、人間風情がぁ！』

パァン！

魔力放出によって、無理やりに圧縮された空間そのものを吹き飛ばす。

『残念だったな人間！』『人間のわりにはよくやった。この言葉を冥途の土産とし、幽世で誇りにするが良いわ！』

二体が目前に迫り、強靱な膂力を活かした攻撃をしかけてくる。

『『とったわ！』』

二体のガーディアンが俺の頭部そして心臓へと喰らいつく。

そして、次の瞬間、俺の体はその攻撃によって、ぐにゃりと曲がってしまう。そう、あたかも空間に浮かんだ残像に斬りかかったかのように。

『なぁ!?』『ど、どういう!?』

空間の中に溶け込む俺の姿に狼狽しながら、ガーディアンたちが立ちすくむ。

「やれやれ、こんな初歩の手に引っかかるとは、正直がっかりだぞ」

『なっ、いつの間っ……』『後ろだと!?』

「遅すぎる」

ズバン！

俺の手刀によって、ガーディアンの一体の首が勢いよく斬り飛ばされた。その首は遠くの壁にぶち当たると、ぐしゃりと音を立てて砕け散る。

「跡形も残らないか。軟弱なものだな。人間風情と侮れるほど上等な木偶人形ではなかったようだ」

『き、貴様……何者だ。一体どうやって背後へと回った……。それにこの絶対防衛機構たるわしらをこうもいともたやすく……ありえぬぞ……』

「全て目の前で起こったことが現実だ。まずは現実を直視することだ、木偶人形。それに雑魚に関わっている暇はない。俺は忙しいんでな。さあ、実力の差はよく理解できたろう。さっさとガーディアンなどという大層な役目は捨てて、その扉を開けろ、出来損ない。これはお前などよりもよほど上位に位置する人間から、お前という愚か者に対する命令であり情けだ。選ぶがいい、口端にものぼらせる価値のない愚物よ。素直に道を開けるなら、見逃してやろう」

甘い俺はチャンスを与える。しかし、

『ちょ、調子に乗るなよ、人間んんんんんん！　不意をうったくらいでいい気になるなあああ』

ガーディアンにも感情があるのだろうか。悔しそうな雄たけびを上げながら突進してくる。

「やれやれ、温情（チャンス）は与えてやったんだがな……」

俺は突進してくるガーディアンの攻撃を正面から受け止める。

『は？』

「ではな」

次の瞬間、ガーディアンの胴体部分が10以上に解体され絶命した。

断末魔の声を上げる暇もない。

「恐らく、絶命したことすら理解できなかっただろう」

苦痛すらもなかったはず。それがせめてもの情けだ。甘すぎるかもしれんが、むやみに相手を侮ったり苦痛を与えることは俺の趣味ではない。愚かにも勘違いする奴がいるが、挑発はあくまで戦闘を有利に進めるための技術にすぎない。殺し合いともなれば、俺も普段の紳士の仮面を脱ぎ捨てるということだ。それは甘さではなく、逆に厳しさと言ってよいだろう。あくまで守るための力なのだから。そのことに気づけない者があまりにも多い。

「ネタばらしをすれば、最初の空間操作には二つの目的があったわけだ。一つはお前らの動きを空気の層で鈍らせる役目。だが、これは囮だ。本当の目的は光を、空間を歪めることで屈折させ、俺の姿を幻影として見せる。その間にお前たちの背後をついたというわけだ。そして、2体目を葬った時のネタも単純だ。一回目の攻撃傾向を分析したのと、挑発して単純な攻撃しかできないようにした。それによってまんまと一点集中防御で防いだというだけの話だ。そして、ダメージ返しのスキルによって、相手にその攻撃をそのまま返した」

　つまり、

「最初から俺の掌の上だったというだけの話だ。戦略を駆使するというのはこういうことだ」

　特別なことではない。俺のようにセンスさえあれば誰にでもできることだろう。最初から勝っているというだけの話だ。

　願わくは、勇者パーティーたちが少なからず俺から学んでいてくれればと思う。

　さて、それはともかくとして、

「開門せよ」

　俺の言葉に扉は反応し、ギギギギギという、久しぶりの稼働にさび付いた音を立てながら開く。

あたかも俺を主かのように、従順に、招き入れるがごとく開く。

「なるほど、ダンジョン構造か」

　俺が神殿に侵入した際にすぐ看破した通り、やはり外から見ただけでは分からないほどの空間が内部には広がっているようであった。

『ダンジョン』のようになっている。

　ダンジョンというのは一つの生き物のように機能する。無論、本当の意味での生き物ではない。

ただ、中に侵入者が現れた場合は、モンスターによってその者を屠り、その侵入者が持っている魔力や血肉を取り込む。それによって更にだんだんと強化されていく性質のものだ。ダンジョンはまた侵入者をあえて内部へ招き入れるために宝箱という餌を用意する。

「早速か」

『ぐおおおおおおおおおおおおおおお！』

グレート・ゴーレムが3体、巨体をうごめかして通路を防ぐようにして現れる。それぞれレベル80程度。

恐らくランクS級の冒険者でも連れてこなければ倒せないほどの強敵だ。

ちなみに俺の冒険者ランクはC級。他のメンバーは勇者と大聖女がS級。他はA級であった。そう、俺は他のメンバーよりも冒険者ランクがずっと低いのだ。

ならば、論理的に言えば、普通俺にはこの強敵たちに打ち勝つ力はないということになる。

『ぐおおおおおおおおおおおおおおおおおん！』

「うるさいなあ。耳元でわめくな」

俺は、しかし、そんな敵を目の前にしても驚くどころか、大声に対して迷惑そうに顔をしかめるのみだ。

そして、

「雑魚どもめ。爆ぜろ」

そう一言だけ呟くと、

『!?　ぐおおおおおおおおおおおおおお!?』

ドオオオオオオオオオオオン!!

轟音とともに、3体のグレート・ゴーレムが四肢を爆発させて崩れ落ちる。

どいつも今自分たちに何が起こったのか分からなかっただろう。

突然崩壊する自分と仲間のゴーレムたちの様子に、いかに無機物である石の怪物であっても、生物的な根源的恐怖を覚えずにはいられないようだ。

ゴーレムの目に当たる部分が恐怖の色をたたえるかのように明滅を繰り返す。

(なぜ？　どうして？)

そんな叫びと恐怖をたたえている。そして何よりも伝わって来る感情は、すなわち怯え。ゴーレムにはないはずの絶望という感情だ。

まあ、それはそうだ。無理もない。

なぜなら、目の前の信じられない現象を生み出したのが、眼前の一人の人間たるこの俺であることは明白なのだから。そして、そんな相手に喧嘩を売ってしまったことを後悔しないほど、こいつらは馬鹿ではない。魔術的な回路で作られた脳髄にだって知能はある。薄すらながらも恐怖もある。圧倒的な存在を目の前にした時に混乱する程度の反射機能はあるのだ。

まあ、俺でなければ、そんな機能があることを確認するはめになることもなかっただろうが……。

そのことだけは、申し訳がないようにも思う。だが、上には上がいる。そのことは残念ながら事実なのだ。

さて、何はともあれこのゴーレムどもは本当にランクSでなければ倒せないほどの強敵なのであった。だが、俺は間違いなくランクC。

ではなぜ俺が一瞬にしてこいつらを屠ることができたのか？

「無論、冒険者ランク制度の欠陥による」

俺は「はぁ」と呆れてため息をつく。

そういうことだ。俺から言わせれば冒険者ランク制度は無意味なのだ。本当の強さとは別に攻撃力が強いとか魔法が使えるとか、強力なモンスターを倒したとか、そういうことではない。

戦略を練り、状況にあわせてスキルをはじめとする各種手段を適切に選択、実行できること。何よりも勇気・柔軟性・判断力・コミュニケーション力やカリスマ。そういったものの方が重要である。

バックアップといういわば指示役、軍師役に徹してきた俺は、敵を直接倒すことが少ない。だからランクがCになるわけだ。しかし、その評価基準に欠陥があることは明らかだ。なぜならば、全体を見渡して指示命令を出せる俺は、他の人間たちの行動や技を全て理解した上で指示を出して、パーティーを勝利に導いていたのだ。

それに実は、俺がやった方が早い時も、あくまでバックアップに徹していた。メンバー全員の力を把握し、指示を出して、望むべき結果を出しているのだから、当然、俺自身がその行為を代替することも可能なわけだ。もちろん手段は違う風になるわけだが、戦略家である俺には手段が無限にあるのは当然である。

要するに、ランク制度はこうした真の力を見定めることはできない欠陥のある制度ということだ。

Sなどとうに超えた力を持つ俺の真の力を計測できないというのは、かなり致命的な欠陥であるという証拠でもあるだろう。

「ま、俺もお守りから解放されたから、時間があればこのランク制度の欠陥を修正してやってもいいかもしれないいな」

社会制度を正すこともまた、才能ある人間の責務だ。面倒なことではあるが。はぁ。

まあ、今はそんなことはどうでもいいか。

俺は崩れ落ちて絶命したゴーレムたちを見下ろす。今回のゴーレム戦で、俺がやったのは決して難しいことではなかった。単に『魔力増幅』をしてやった、というだけ。

「こんな使い方をしてる奴は一人もいないだろうな」

俺は苦笑する。当たり前だ、こんな突飛な方法を思いつく奴もおかしいし、それを実際にこんな実践の場でやってしまうのも、どれだけの決断力と勇気がいるか分かったものではない。

ゴーレムというのはデリケートな創造物であり、綿密な魔力神経システムによって動く、精密器械だ。

よって、魔力のコントロールが非常にデリケートに行われている。

そこに魔力を多少流してやったというだけだ。

では、少し魔力増幅をしてやれば、ゴーレムは崩壊してしまうのか？

「否」

そうではない。例えば、今俺が流してやった魔力は、１体につき国の魔法使いたちが何とかひねり出せる魔力の合計を優に超える。

それを一気に3体分、流してやったのである。

規格外、そう言わなければならないほどの魔力量を、ゴーレムに流してやったのである。いわば、大陸中の魔力を俺一人で凌駕しているようなものだ。

軽々しく口外すると、また外野がうるさくなるので言わないが、俺の才能と、そして戦略眼と勇気・判断力があって初めてできる奇跡的な大戦術だと言える。


「ま、あまりコスパがいい方法でもないか」

俺は頭をかきながら反省する。ゴーレムとの勝負には勝ったが、それよりもその戦い一つ一つを反省し、次に活かすことが大事だ。そう、あいつらにもそう言い聞かせていたものだ。

「俺がいるから勝つのは当然。だが、おごらずに今の戦いを思い返し、次はもっとうまくやるように」と。

さて、そんな思い出を脳裏に浮かべつつ、俺はゴーレムだったものたちの瓦礫の上を踏破しようとする。

と、その時、その瓦礫の中にキラリと光る物が目に入った。

「ん？　これは……」

拾い上げてみると《血のように赤い鍵》であった。

「意味深な……。というか、もしかすると今の3体がここのダンジョンをクリアするための鍵だったのかもしれんな」

だとすれば何と悪辣な……。

「俺以外突破できる奴がいないだろ、それじゃ……」

どこの世界にグレート・ゴーレムを3体配置して、ダンジョン攻略の条件にする奴がいるというのか。魔王城じゃないんだからなぁ……。

俺は呆れながらも、鍵を懐にしまい込み、ダンジョンを歩き始めた。

「ふむ、ここがどうやら終着点といったところか？　『死にたがりの娘』もこの中だろうか？」

無数のドクロがかたどられた巨大で真っ赤な扉が目の前に現れていた。

なお、ここまでどれほどのモンスターを倒したかは、言うまでもないだろう。

だが雑魚を幾ら倒したと言っても自慢にはならない。それが大陸史に残るほどの数と質だとしても、な。無論、冒険者ランクなどSを突き抜けてしまうだろう。

そもそも俺がそれを望まない。そういうことだ。誰もかれもが有名になりたいわけではない。目立てば煩わしいことが増える。名声にも興味がない。今のようにひっそりと後ろから前途有望な者たちの教師をしている方が、俺には向いている。自分よりも他人の成長の方が見ていてやりがいを感じるからなぁ。

「さて」

俺は先ほど拾った鍵を、扉に開いていた鍵穴へとはめて、回す。すると、

ガゴン！

鈍い、大きな音とともに、頑強なその扉がゆっくりと内側へ開いていく。

中からはひやりとした空気が漏れ出す。遥かなる時間の停滞を溶かすように、ひどくかび臭いにおいが流れた。

いかにも怪しげだ。

だが、俺は躊躇なく中へと入っていく。

罠であることは分かっている。だからこそ、入っていくのだ。

罠を張るということは、その奥に何かがあると言っているようなものだ。分かりやすい逆説なのである。こうした即断即決力は、どうしてもその人間のセンスによるだろう。

そんなことを考えているうちに、ここの間取りが大体分かって来た。

100メートル四方の玉座のような空間だ。目の前には階段状の段差があり、一番上にはかつて豪奢であったろう玉座が置かれている。

そして、その玉座には一人の人間が座っていた。

「ようこそ、いらっしゃいました。ここに至るかたがいらっしゃるとは思いませんでしたよ」

そう言って拍手をしながら、一人の男が立ち上がる。魔法使いといったいでたちの長衣を身に着けていて、眼鏡をかけている。口元には余裕の笑みを浮かべながら。

「少なくともこの1000年は、誰もここには至らなかった。あれほどのモンスター、そしてグレート・ゴーレムの群れ。罠の数々。どれほどのアイテム、魔力、体力を消費してここまでいらっしゃったかは分かりませんが、既に瀕死、重症のはず。ふふふ、我が結界の枠を堪能いただけましたかな？」

「………はい？」

いやいや。俺は何を言っているのかと呆れながら、自分の体を見下ろしてみた。

「傷一つ、汚れ一つないんだが……。あの程度のダンジョンで悦に入ってるって、お前自分がよっぽど恥ずかしい勘違い野郎を演じてること、気づいているか？」

自分のことでもないのに、逆に俺がちょっと気恥ずかしいのだが。

「む、そんなわけがありません。そ、そう！　魔力消費量は膨大なものになったはずです！」

「まあそれはそうだな。一国分の魔力量は使ったかな」

「そうでしょう！　……って、一国分。は？　あなた一人で一国の魔力を……？」

自分の実力と比較した時に、あまりに相手が規格外だと、人は混乱をきたす。やれやれ、この時点で相手の実力が知れる。こういった状況こそが俺の《強さ》というものを暗に示してしまう。それは俺の意志とは無関係に、だ。

だが、

「ふ、ふふふ。嘘で私を欺こうとしても無駄ですよ！　さあ、観念して、我がダンジョンの血肉となり果て、私の神への進化の礎となりなさい！」

現実から目をそらしてしまったか。まぁ、それもまた自分と比較にならないほどの相手や現実と直面した時によくあることだ。

ただ、今はそれよりも……、

「神への進化だと？」

　確かそう言ったか？

「左様！　私の野望、それは２０００年前にさかのぼる！　かつての邪神アークマターはっ……」

　興奮したのか、テンションを上げてまくし立ててくる。あちゃーと、俺は後悔する。こういった手合いは自分の野望というかささやかな夢を語る機会に飢えているものだから、こういったチャンスを見逃さないのである。

　が、

「うるさいなぁ、お前の野望に興味なんてないんだ。黙ってくれるか。それに、大体みんな一緒なんだよな、そういう野望って。実にくだらんし、退屈に過ぎる。不老不死だか世界の支配か何だかが目的なんだろう？　さ、そんなくだらないことより、俺は助けを求められてここまで来たんだが？　お前、何か知ってるなら、そこいらを説明しろ」

「そんなこと、だとう！　き、貴様ぁ!?」

　途中で演説を切り捨てられて、激高する。

　だが、俺の言葉に考え始める。

「む、ぐぐぐ、だが、助けだと？　そんなはずは……。いや、なるほど、この１０００年で結界が弱まり、外界へと助けを呼んだか。あの出来損ないのドラゴン娘は」

「出来損ないのドラゴン娘？」

「ふふふ、驚きましたか。私の進化に不可欠な魔力供給源としての、ゲシュペント・ドラゴン種族の娘。不老不死のドラゴン種族を封印し、我が魔力を無限に増強する糧としていたのだ！　我が編み出した秘儀によってな！　まあ、ドラゴン固有の力を持たない出来損ないですがね！」

だとすれば……。

「そう!!　驚くのも無理はない！　ドラゴンを封印し、あまつさえ利用し、神に至ろうとする秘儀を編み出した天才！　それがこの私なのだから！」

俺は息をのみ、

「未成年者略取というやつか。まさか、犯罪者だったとはな……」

「は？」

俺の一言に、相手は何を言われたのか分からないとばかりにポカンとした。

いやいや。「は?」ではない。

「子供をさらって、しかも長期間監禁するなど、たとえドラゴン種族であれ何であれ、許されるわけがなかろう。このつまらない犯罪者が！」

「な、なにをずれたこと！　ドラゴン種族に誘拐も何もあるものか！　それに、そもそもなぜ私が犯罪者呼ばわりされねばならん。私は誇り高きハイ・プリースト！　私を罪に問う法がどこにっ……！」

「常識的に考えて、ダメだと分からんのか？　だから馬鹿なのだぞ、貴様は」

俺は目の前の対象からもはや興味をなくす。

「分からんのか？　法などというのは便宜的に決めたルールに過ぎないのだ。大切なのは、当たり前のことを当たり前に感じる自然の心だ」

「なっ!?」

自明の正義の前に、法だ何だと言うのは馬鹿のすることなのだ。そして、残念ながら馬鹿はそれを理解できないのだから始末に負えない。やれやれ。

なお、この馬鹿は馬鹿の上に、卑怯者でもあった。

「くそ……言いたいことはそれだけかぁ！　近寄るな！　これを見ろ！」

そう言うと、男がいる玉座の真上のブロックが『ガゴン！』と音を立てて動き、せり出して来た。巨大なクリスタルの塊だ。

そして、その中には、赤色の髪を長く伸ばし、瞳を閉じて眠る少女の姿があった。頭には小さいが角のようなものが生えている。俺よりも見た目は一回り小さい。その顔や体はやせこけ、とても見られた姿ではない。思念波を飛ばしたのはあの娘ということだろう。今は気を失っているのか思念波は飛ばしてこない。

「近づけば、こいつがタダで済むと思うな！」

「はぁ……。犯罪者よ、お前は神になるとか、ただでさえ下らんことを言ってなかったか？　それが仮にも神になろうとする奴がすることか？　もはや、ただの間抜けな悪役ではないか」

またもため息。

「犯罪者で、間抜けで、悪役とは。俺の時間を返せと言いたいぞ」

「ぐ、ぐぐぐ……。ふ、ふん！　余裕ぶっているようだが、ならば、試してみるか!?」

血走った目でクリスタルに手をかざす。

「盗人に刃物か」

更に更に、もう一度嘆息して呆れてから、

「分かった、分かった。ただの間抜けな犯罪者よ、俺は手を出さん。証拠に、魔法・スキルの無効化を発動する。これで俺が何をしても、何の効果も出せない」

「余計なことを言うな、二度と私をつまらない犯罪者などと言うな！」

「いや、間抜けが抜けているようだが……」

「うるさいぞ！　ふぅふぅ、ふふふふふふふふふ。と、ともかく、私の勝ちのようですね。ふ、ふふふ、分かればいいのです。よ、余裕ぶりやがって……。ええ、ええ、いいですか、動かないでくださいよ。あなたは油断ならない敵のようだ。その口が二度と動かないよう一撃であなたの首と胴を分けて差し上げましょう」

男はにやりと口元を歪めた。しかし、

「そんなことより上を見た方がいいんじゃないか？」

「くくく、そんな手にこの私がひっかかるとで『どっごおおおおおおおおおおおおおおおおおおおおおんん！』」

男が言い終わる前に、凄まじい衝撃が男を襲った。

「ぎ、ぎえええええええええええええええええええええええええ!?　い、いだい！

いだいいいいいいいいいいいいいいいいいいいい!?　わ、わだじのあだまが！　腕があぁぁぁぁああああ!?!?」

「だから言ったろうに……」

俺は本日、十何度目かのため息をつく。

何が起こったのかと言えば、頭上のクリスタルが重力に引かれて落下してきただけだ。

男は手足をひしゃげさせ、玉座に倒れ伏した。俺はゆっくりと男へと近づいていく。

「な、なんで!?　私の魔力でえ!?　完全掌握し、空間に固定していたはずのクリスタルがぁ!?!?」

「言ったじゃないか。スキルと魔法を無効化すると。この空間全体の魔法とスキルを無効化しただけだ」

「は？」

俺の言葉に、男は動きを止める。痛がることすらも忘れて、俺を恐怖の眼差しで見上げる。

「そ、そんなことができるわけがないっ……!?　他人の魔法にそんな簡単に割り込むことなんてこと……。できるわけがない!!」

「現実から目をそらす。それもまた自分と比較にならないほどの相手や現実と直面した時によくあることだ」

俺は先ほど思ったことを、今度は口に出した。

「わ、私を殺すのか。くそ、もう少しで神への進化をなしとげられたというのに」

そう口惜しそうに言う。だが、俺はまたしても、「はあ？」と言ってから、

「あ、いや、別に。というか、お前程度の男は最初から敵とはみなしていないんだ」

そう訂正する。

「な……に……？」

「お前ごとき勘違い野郎を相手にしたなんて、恥ずかしいことこのうえないからな……」

正直ゾッとする。

「な……な……!?」

パクパクと屈辱なのか怒りなのか、顔を赤黒く染める男だが、瀕死の重傷であるために何もできない。そもそも得意の魔法も俺の無力化によって封じられて手も足も出ないというのが現実なのだ。

「さて、と」

俺がここに来た理由は、単に呼ばれたからだ。目の前のクリスタルの中で眠る眠り姫に。眠りドラゴンか？

「くくく、無駄ですよ。永久封印クリスタルに封じ込めたのですから。いかなる力を持ってしても、そのクリスタルを破壊することなどっ！」

「うるさいなぁ。ほれ」

ガシャーン。造作もなく砕け散った。

「はああああああああああああ!?」

「本当にお前、うるさいなあ。いいから黙ってろ」

「むぐー!?　むぐー!?」

俺は原始的だが男に猿轡をはめて、玉座から突き落として、そこいらに転がしておく。威厳も何も失った『元、神を目指していた間抜けな犯罪者』が泥だらけになって遠くで転がる。まあ、犯罪者にはお似合いの姿であろう。屈辱の炎を目にやどらせて、血が出るほど歯ぎしりしているようであるが、地べたに這いつくばりながらそんなことをされても気持ち悪いだけである。

「おい、大丈夫か？　起きられるか？」

「わ……わしは……ここは……、くっ、げほげほ」

苦しそうだ。それに何かの《呪い》に苛まれていると、俺の《ステータス異常感知》スキルが告げていた。

「大丈夫か？　苦しそうだが」

「ふ、出来損ないゆえな。ドラゴンの姿にもなれぬ竜種じゃよ。そこを人間の魔法使いに付け込まれ、封印されたのじゃ。このような哀れな姿にまでなって」

赤色の髪は伸び放題でくすみ、顔がよく見えないが、髪の隙間から見える瞳は濁っていた。顔は薄汚れ傷つき、体全体がやせ細ってがりがりであった。

「出来損ない。さっきも言っていたな。ああ、ちなみに、その魔法使いというのはあれか？」

俺は玉座の下でのたうち回る男を顎で示した。

ドラゴン娘は玉座より眼下を見下ろす。自分をさらった元凶の男を見つけて、初めてその目に力を宿した。憎しみの目を向けながら、

「おのれ!!　よくもわしを1000年もの長きにわたって閉じ込めたな……。しかも、わしの権能そのものまで奪い取りおって。出来損ないどころか、もはやわしはドラゴンとしての資格すら喪失した……。じゃから、親切なかた、救ってもらって何じゃが、ぜひわしを殺しておくれ……」

最後は絶望したように言った。

「ちょっと待て、一体どういうことなんだ？　もう少し事情を分かりやすく説明してくれ」

「そうじゃな。ドラゴンですらなくなっても、その誇りまで奪われたわけではない。お主に説明する義務がわしにはある。まず事の発端は、そこに転がる男じゃ。奴は神になるという野望から、ドラゴンの権能を奪うことを思いついた。じゃが、誰でも良いわけではない。ドラゴンの中でも王の血統でなくてはならぬ。なぜなら、ドラゴンの王の血統はさかのぼれば神につながっているからじゃ。奴は狡猾にもドラゴンの中でも出来損ないのわしを見出してクリスタルに閉じ込めた」

「その出来損ないというのがよく分からないのだが？」

ドラゴン娘は自嘲するように笑う。

「《長大な寿命》、《自己再生》、《破壊力》、そして《空の支配》という4つの権能がドラゴンを成り立たせる。わしにはそのいずれもなかった。弱くて脆い、空も飛べぬ竜などどこにいるじゃろうか？　そのうちドラゴンの姿でいることも難しくなり、人間の姿で魔力の消費を抑えておる始末じゃ」

「だから出来損ないなのか？」

「そうじゃ。竜王の末娘なのに。出来損ないのわしをドラゴンの恥として、里を追い出したのも無理からぬことよ」

どうやら彼女は故郷を追われた身らしい。しかも竜王の末娘と言った。それはかなりやんごとない立場の竜なのではなかろうか？

「話を戻すが、弱っていたわしはあの魔法使いに迂闊にも捕らえられた。そして、時間をかけ、少しずつ我が竜の権能を自分に移したのじゃよ。その権能はさっきも言った《長大な寿命》、《自己再生》、《破壊力》、そして《空の支配》という4つの権能。いずれも神を目指すうえでは欠けてはならぬ資質と言えよう」

「なるほど、実質的な神の権能を長い時間をかけることで奪い取ってきたというわけか」

「それらが奪い取られたわしは、もはやドラゴン種族とは言えぬ……ただの小娘じゃ……。こんな薄汚れて醜い、な」

「ふーむ、なるほど。話は分かった」

俺の言葉に娘は悲しそうに目を伏せる。まるで自分の死期を悟ったかのように。だが、

「では、すまないが、ちょっと試させてもらっていいか？」

「はえ？　試す？　一体何をじゃ？」

「その権能を取り戻すのと、あと、その権能が機能しない原因である《呪い》を解呪しようかと思うんだが」

「…………………………へ？」

娘は何を言われたのか分からないとばかりに首を傾げる。

「そなた今何と申した？」

「簡単な理屈だよ。奪われたら奪い返せばいいだけだろう？」

「ああ、いや、そっちもそうじゃが。いや、聞き間違いか？　わしの《権能を使えるようにする》と聞こえたような気がしたのじゃが……？」

「そう言ったが？」

俺の答えにドラゴン娘は目を見開く。

「そ、そんなことができるのか!?」

えらい食いつきであるが、

「俺の《ステータス異常感知》と《隠蔽解除》のスキルの解析結果によれば……かなり珍しい《呪い》がかかっているのが発見されたよ。どうやら通常の《鑑定》スキルでは見破れないように巧妙に隠蔽されていた。だから今まで気づかなかったんだろう。……相当の悪意ある呪いだな。かかっていたのは《悪竜の呪》というやつで、普通の人間ならば1日もたたず死んでしまうほどの強力な呪いだ。その呪いの効果は『その存在意義の剥奪』」

娘は口をパクパクとさせた。

「そのような強力な呪いをわしは受けていたのか……恐らく、次の竜王を選ぶ際に末娘のわしが邪魔だったたか……」

寂しそうな表情で言った。

「なるほど、竜にもいろいろあるのだな……」

俺は何となく彼女の頭をなでてしまう。

「!?　そ、そなたっ……」

「おっと、すまない嫌だったか？」

そりゃ、いきなり知らない男に頭をなでられるなんて嫌だったろう。俺は手を引っ込めようとするが。

「こ、こら。勝手にやめるでない。それに、嫌なわけが……な、なかろうが！　ぎゃ、逆に……そ、そなたは嫌ではなかったか？　こんなわしのような醜い女を……」

「醜い？　どこかだ？」

「どこがって……。この姿を見れば分かるじゃろう。顔も体も醜くただれておる。男が好き好む姿でないことはよく理解しておる」

だが、俺は首を傾げると、

「そうか？　俺はそんな風には思わないが……。むしろ、1000年も閉じ込められていたのに、健気な心を保ち続けた、美しい娘だなぁ、と思っているが」

「なあっ!?」

と、俺の正直な感想に、ドラゴン娘は素っ頓狂な声を上げると同時に、顔を真っ赤にした。

「う、美しい……わしが……。そんなこと初めて言われたのじゃ……ド、ドキドキするのじゃ……」

何かぶつぶつ言っているが、

「とにかく、呪いを解呪するぞ。原因が《悪竜の呪》であることは分かっているし、強力な呪いではあるが、封じているのは元々ドラゴン種族固有のスキルだ。それを元に戻すということならば、自然に存在する復元力を利用すればいい。世の摂理において《奪う》というのは難しい。反対に元の形に《復元》するということはそれほど難しいことではないんだ」

「摂理……それほどまでにこの世界を見通しているというのか、お主は」

驚愕に目を見開くが、

「なに、大したことじゃない。単なる《時間加速》スキルの応用さ。《回復魔法》なんかとおんなじだ。元に戻る力を早めてやるだけだ」

「いや、全然違うと思うが。権能を復元って、回復魔法とは次元というかスケール的に……」

む、そうか。

いつもこれくらいのことはやっているから、普通だと思ってしまっていたな。

「ともかく、始めるぞ。《解呪》スキル発動、次に《復元》のスキルを発動。それらを《合成》スキルで《融合》。《時間加速》スキルを高レベルで起動」

俺は仕切り直すように治療を開始する。

シュウウウウウウウウウウウウウウウウウウウウンンンンン！

「ぐ、ぐああ!?」

「すまないが少し耐えてくれ。呪いの基が身体から出て来ようとしている、その痛みだ」

やがて竜の娘から黒い影が飛び出して来た。それは呪いの根源。行き場を失いもだえ苦しむかのように絶叫する。

一方の娘は徐々に生気が戻り始めた。くすんでいた赤の髪はルビーのごとく輝き始め、ただれていた肌は本来のきめ細やかな肌へと戻る。瞳には光が戻り、しなやかに成長した白くて長い手足がスラリと伸びる。

ありていに言えば、絶世の美少女がそこに誕生していた。

「こ、これは……本当にわしの姿なのか？」

「どうやら、呪いが解けて、本来の権能が戻ったようだな。呪いさえ解ければ、本来の竜の力である《自己再生》能力で元の姿に戻ることは当然のことだ」

俺はそう答える。

すると、娘はなぜかちらりとこちらを見ると、顔を赤くする。

「そ、それでどうじゃろうか。わしの姿は？」

上目遣いに俺の方を見ながら、スカートのすそを握りながら言う。なぜか体のラインを執拗に見せようとするが……。

「どうって何がだ？　最初から美しい娘だと思っているから、特に変わりはないようだが……」

俺は淡々と答える。

「!?　うん……そうじゃったな……。旦那様はずっとそう言ってくれておったのじゃな！」

「……………えっと、なんで旦那様なんだ？」

「だって、それはじゃな……そ、それを言わそうだなんて、なんていけずなお人なのじゃ……もうっ」

娘がもじもじしながら何かを言おうとするが……。

「うんぎゃあああああああああああああああああああああ!?!?　私の若さが!?　力が!?　空を支配する権能がぁ!?　抜けていく!　この1000年、ずっとこんな穴倉にとどまって溜め続けた私の才能の塊たちがぁ!?」

玉座の下から聞こえる男の絶叫がそれを遮った。

どうやら行き場を失った呪いが、呪詛返しとして、男の方へ向かったらしい。さっきも言った通り、人間では1日として耐えられないほどの呪いだ。

やれやれ。

「お前のは才能なんて大それたものではなく、ただの盗人だろうが……はぁ。ま、だが、若さというか寿命すら元に戻ってしまうというのは、残念だったな。残念ながらこればかりは俺にもどうしようもない。盗んだものは利子をつけて返すことになるということだ」

「ひ、ひぎぃいいいいいいいいいいいいいい!?　た、たすけ……たしゅけて!?」

若々しかった姿は、たちまち枯れ果てた老人の姿になる。そして、もともとの寿命をとうに超えた状態だ。一瞬にして老人の姿から骸骨へ、やがてその骸骨すらも塵となって消える。

「俺は情け深いがゆえに、本当は助けてやりたかったのだがなあ。でも、残念ながら、お前の行った道理を曲げるという自業自得さゆえに、助けてやれなくて残念だ。まあ、人は決められた寿命の中で生きて死ぬのがいい。これもお前のためだったのだろう。俺は結果的にはお前を救ってしまったのかもしれん」

俺が殺したわけではなく、世界をあるべき姿に戻した時、自然とこの世界の摂理が男の存在を許さなかったのだろう。俺もしょせん、この世界の一部に過ぎないということだ。俺は殊勝にもそう感じたのである。

さて、そんな俺が一人の男を救ったという顚末はともかく、

「力も……戻って来たようじゃ。しかも、何だか力が普通よりも溢れておるような気がするのじゃが？」

「ふむ、そうなのか？　失礼だが鑑定してみてもよいか？」

「!?　無論じゃよ。わ、わしの全部を見ていいのは、旦那様だけじゃからな」

鑑定一つに大げさな、と思いつつも、彼女のステータスを確認する。すると、

ＬＶ：99
ＨＰ：1029030
ＭＰ：284048
攻撃力：38940
防御力：830493
魔力：39499289

称号　：乗り手を得た神竜
スキル：４つの権能
備考　：竜の状態による最大解放状態のステータス

「規格外すぎる!?　なんだこのステータスは。ドラゴンというのは全員こんなのなのか？」

「い、いや。さすがにこれは高すぎるのじゃ。これは恐らく旦那様が我が運命の相手だったからじゃろう」

　娘は感動したかのように、俺の方を頬を赤らめて見た。

「称号のところに、《乗り手を得た神竜》というのがあるじゃろう？　ドラゴンは誇り高き生き物ゆえ、なかなか乗り手を許可せぬ。じゃが、心を完全に許した相手には竜騎士としての資格を与えるのじゃ。そして同時にドラゴンとしての格も一段階上昇する。我は単なる竜王の末娘。神々の竜の末裔にすぎなかったが、旦那様を我が唯一の乗り手にすることで、神龍となることができたのじゃ」

「そういうことなのか。だが、俺は別に特別な存在でもなんでもないぞ？　それでもこれほどのパワーアップをするものなのか？」

　だが、少女ははぁ、と嘆息し、

「旦那様が特別じゃなくて、誰が特別なのじゃか大いに疑問じゃ。わしは先ほどから旦那様より神のオーラに近いものを感じておる。心当たりがあるのではないか？」

「なるほど。確かに俺は神に選ばれた男ではある。まあ、そんなことに興味はないがな」

「旦那様は無欲でストイックなのじゃなあ」

ともかく、俺はとんでもない存在を、この世界に生み出してしまったらしい。まあ、俺の格を考えれば、俺が動けばこれくらいの奇跡が起こることは当然なのかもしれないが。優れた判断や優れた行動が、様々な奇跡を起こし、人々を救うという典型的な形だということであろう。

それはともかくとして、少女は改まった様子で俺に聞いていた。

「旦那様……本当にありがとう。あの遅くなってしまったが、旦那様の名前を聞かせてもらいのじゃが」

「おっと、そう言えば自己紹介がまだだったな」

俺は今更ながらに思い出す。

「俺はアリアケだ。つい先日勇者パーティーを追放されて、気ままの一人旅をしているところさ」

「そうか。アリアケ。深く礼を言うぞ……。わしはゲシュペント・ドラゴン種族の長が末娘コレット・デューブロイシスじゃ」

彼女はそう言うと、顔をさっと赤くしてから、

「これから末永く宜しく頼むぞ、わしの旦那様♡」

「いくつか聞いていいか？　ええと、コレットさん？」

「さんなど不要じゃよ。コレットと呼んで欲しいのじゃ。いや、べ、別に『おまえ』とかでもいい

のじゃぞ！　ともあれ、何なりと聞いておくれ、旦那様♡」

いやいや。

だから、ちょっと待たんか。

「気になっていたんだが、旦那様というのは何なんだ……？」

「わしがそう決めたのじゃ。って、言わせるでないわい、この旦那様!!」

そう言うと、娘は顔を赤く染める。

だめだ、このドラゴン。勘違いだと思うが、まるで恋する乙女のようになっている。まあ、もちろんそんなわけがないのだが。

俺はコレットを改めてちゃんと見た。

美しいのは赤髪ばかりではなかった。宝玉のような赤い瞳と唇としなやかにすらっと伸びた手足。年齢は俺よりも一回りほど若いものの、将来は絶世の美女になることが約束されたような少女だった。一緒に町でも歩けば周囲の男がまず間違いなく振り返るだろう。

竜種であることを示す角以外は、何ら人と変わりがない。

「あっ、そう言えば」

俺は思い出す。ドラゴンには有名な伝説があったな。

「ドラゴンには自分を倒した相手と契りを結ぶという伝説があったな」

間接的に、俺はコレットを封印していた男を倒すことで、ドラゴンを倒したことになったのかもしれない。

だとすれば気にしなくていいぞ……。そう言おうとしたのだが、

「は？　なんじゃそのけったいなルールは？」

違ったらしい。

美しい顔に怪訝な表情を浮かべられてしまった。

「そんな気色悪い変な理由で、一生添い遂げる旦那様を決めるわけがあるまい！」

「じゃあ、なんで俺なんだ？」

そう聞くと、より一層顔をカーッと赤くして。

「そりゃあ……お主が絶体絶命のこのわしを、超かっこよく助けてくれたから、そのぅ……その姿に一目ぼれしただけじゃ……、って言わせるでないわい！　もう!!　もう!!」

ポカポカと俺の胸を叩いてくる。痛い痛い。竜だけに半端ない。

ただ……、

「それほど大したことはしていないと思うがなぁ……」

そう正直に言うが、

「んなわけないじゃろうが」

呆れられながら首を横に振られた。

「いちおう説明しておくがの、あの魔法使いはな、手段はともかく、出来損ないとはいえ、ゲシュペント・ドラゴンを１０００年以上の長きにわたって封印したのじゃぞ？　場合によっては世界を滅ぼす存在になったかもしれん」

えっ!?

「そうなのか？　ただの少女略取の犯罪者だと思ったんだが……弱かったし……」

「いや、旦那様はそれだけ規格外なのじゃよ。あれを弱いって……。いちおう竜族の権能を奪い取っておったわけじゃからな」

そう言われるとそうだ。竜族は地上最強の存在とも言われている。その権能を持った相手を簡単に倒してしまったのだから、コレットが驚くのも無理はなかった。

だが、本当に大したことなかったのだがなぁ……。

いや、俺の普通の基準がおかしくなっているのか。異端すぎると普通がどんなだったか忘れてしまうからなぁ。

娘は咳ばらいをして、

「というか、旦那様。答えを聞かせてくれておらんぞ。わしの主様にはなってはくれんのか？　正式な我が竜騎士となってはくれんのか？　悪い魔法使いにつかまって、助けてくれたのに、助けるだけ助けて行ってしまうのか？　この《捨てドラゴン》を非情にも見捨てるのか？」

「捨て犬みたいに言うな。ていうか、故郷に帰ればいいだろう？」

「呪いをかけた相手がいるような地にか？」

「そうだったな……。すまない、つらいことを思い出させてしまって」

「いやいや、それはどうでもいいのじゃ。そのおかげで旦那様と会えたのなら、全て良かったとすら思い始めて来たくらいじゃ！　なので、むしろ旦那様がわしをどう思っているか、それを聞きたいのじゃ。やはり、こんなチンチクリンではだめなのか？　そうなのか？　じゃが、チンチクリンじゃからできる技もあると思うぞ？　わしは尽くすタイプじゃぞ？　頑張って旦那様を満足させると思うぞ？　な？　な？」

そう言って、縋るようにしてきた。というか、俺を逃がすまいとホールドしてきた。チンチクリンとか言っているが、身体は年相応に出るとこは出ていたりする。ええい、胸を押しつけてくるな。

「いやいや、チンチクリンて。お前くらいの美人は一人くらいしかお目にかかったことがないよ。ていうか、頑張るってなんだ！」

別にお世辞ではない。

俺の先日まで所属していたパーティーに、一人、同じくらいの美少女がいたが、そいつを除いては、これほどの美しい少女は見たことがなかった。

「また美人じゃと言ってくれたな！　ふ、ふふふ」

嬉しそうに微笑む。が、

「……じゃが、そのわしと同じくらいの美人とかいう一人が気になる。というか、嫌な予感がするのじゃ。なんじゃか将来旦那様を取り合うライバル的存在になりそう的な予感が……」

次は難しい顔をした。何を言っているのかよく理解できない。

やれやれ。俺はため息をつく。

久しぶりの一人を満喫するつもりだったが……、

「捨てドラゴンか……。まあいいさ。飽きるまでついてくればいい」

「へ？　よ、良いのか？　そんな簡単に」

突然の許可に唖然とした。

「俺がお前の唯一の乗り手なのだろう？　なら、一緒にいるのは道理というものだ」

すると、彼女は、

「えへへ、とても嬉しいのじゃ」

年相応と言って良い、あどけない、満面の笑みを浮かべたのであった。

嬉しそうに微笑んだ。

「むむ……」

ただでさえ絶世の美少女だけあって、微笑むとその破壊力はすさまじい。俺としたことが少し息をのんでしまった。

「……ああ。別にあてのある旅じゃないからな。急ぐ旅でもない。ドラゴンの姿になって飛んで行く必要もないし、目立ちたくないから、徒歩で進んで行くつもりだ。あと、俺は勇者パーティーをクビになった身だ。今更大きな街に居場所なんてない。冒険者ギルドもきっと俺のランクをCからEまで落とすだろうさ。なら、田舎の僻地にでもひっこんで、適当に畑でも耕すつもりだ」

「連れて行ってくれるのか、やったのじゃ!!　よろしく頼むぞ旦那様!!　わしが竜騎士殿！」

そう、喜んでから、

「じゃが、一点腑に落ちんのじゃが……」

コレットは怪訝な表情を浮かべてから、

「その勇者パーティーとやらは、阿呆なのか？　旦那様をパーティーから追放するって。それと人間社会というのは、そうも人を見る目がないのか？　明らかに旦那様がいたから、その勇者パーティーは勇者パーティーでいられたのじゃろ？　という当たり前のことが、わしですら一瞬で察することができるのじゃが……」

そう言ってから、

「追放って、どんな判断なんじゃよ！」

おおいにツッコんでから、小首を傾げたのであった。

「まあ、無理もないことさ」

「そうなのか？」

「理解できないこと。余りにもレベルの違うもの。それを人間は恐れて遠ざけようとする。人の本能に根差した逃避だ。自分を保つ、というのには優れた者を排除する、という事実が含まれる」

「確かに人間は社会的な動物じゃて。しかし、だからと言って人間の宝と言っても過言ではない旦那様を排除するのは歴史的な失敗ではないのじゃろうか？」

「さてなぁ。だが、あいつらに教えるべきことは教えた。保護者、教師としての役目は終えた。あとは生徒であるあいつら自身が独り立ちをしなければならないんだ」

「なるほどのう」

コレットは得心したとばかりに頷く。

「確かに旦那様は勇者そのものではないようじゃな。むしろ勇者や人類、いやこの世界のあらゆるものを、望ましき場所へ、あるべき姿へ、通るべき道へ、そういったところへ先導する『導き手』なのじゃろうな」

「お前の言葉は大仰だな」

「何を言うか。これでもできるだけ抑制して言ったつもりじゃわい」

やれやれ、過大評価もいいところだ。俺がやったことなど、人類を救うためのほんの些細な一手にすぎない。俺は人類の、いや世界を『バックアップ』する程度の裏方にすぎないのだ。無論、俺のそうした行いが人類や世界の行く末を決めるという、決定的な役割を果たしてはしまうのだが、やはり俺は裏方にすぎないし、その方が性に合っている。目立つのはそういうのが好きな者に任せておけばいい。俺はのんびりとしたのが好きなのだ。力があり、才能があったとしても、それを振るいたいとは特に思わない。そういう地位や名誉よりも、日々の平穏こそを愛する人間が世の中にいてもいいだろう。

「さ、そんなことより、改めて宜しくな。コレット」

「うむ、こちらこそ宜しくなのじゃ、旦那様。わしの唯一の乗り手。竜騎士様♡　今後久しく宜しく頼むのじゃ」

そう言ってコレットは俺の腕にヒシとしがみついてくるのだった。

なお、この時コレットがさらりと言った「今後久しく宜しく頼む」という言い回しが、ドラゴン種族においては、命尽き果てるまで一緒にいる、という意味合いであるとは、この時の俺は迂闊にもまったく気づかなかったのだった。

～閑話　一方その頃、勇者ビビアたちは～

「くそ、暗くてまったく先が見えねえじゃねえか!!　どうなってんだよ、プララ」

「ちょっ、ちょっと、怒んないでよ勇者様、一生懸命やってんじゃんか！」

「アリアケは簡単に洞窟一帯を明るくしてたろうが！　なんで半径10メートル程度しか明るくできないんだよ！」

「……」

俺は怒鳴る。

俺たちは今、呪いの洞窟のダンジョンにいた。

アリアケという邪魔者を追い出して初めてのダンジョン攻略であった。いわば肩慣らしであり、簡単に攻略できて当たり前であった。

だが、俺たちの空気は重かった。

「何だよ、なんで黙っちまうんだよ」

俺は不機嫌さを隠そうともせず言う。プララは黙り込んでしまった。くそ、一体何だってんだ！

「たかだか、洞窟中を明るくするだけだろうが!!」

そんな簡単なことを……っ！

だが、「はぁ」とため息の声が聞こえた。

今まで何も言わず、後ろから俺たちの様子を眺めていた聖女アリシアだった。

「そんなこと、アリアケさん以外にできるわけないでしょう？」

「……は？」

淡々とした言葉に、俺は思わず唖然としてしまった。

「馬鹿な……たかだか光で洞窟中を照らすだけで……」

「ダンジョンは外とは違います。ここは他の生物の体内と言っていい。ダンジョン自身の魔力で満ちている。異物である我々が使える魔法には一定の制限がかかるのです。その中でも『光』というのは最たるもの。なぜなら、諸説ありますが、恐らくダンジョン自身が我々の視野を奪うように仕向けているからです」

そう言ってから、更に続けて、

「アリアケさんもおっしゃっていたではないですか。聞いていなかったのですか？　あの方の教えを？」

……そう言えば、そんなことを言っていたような気もするが、正直よく覚えていなかった。

「くそ！　役に立たねえ！」

俺は思いっきり悪態をついた。

そんなことは今までなかったから、プララをはじめ、他のメンバーが委縮する空気が伝わって来た。

くそ、役立たずどもが……。

ちっ。くそ、落ち着け。俺は勇者なんだ。選ばれた男なんだ。アリアケがいなくなって、少し勝手が違うだけで、こんなことはすぐに慣れる。

そうだ、そうだ。ははは、いや何を焦っていたんだ。たかだか光源がいつもより少し狭いだけじゃないか。

「いや、すまなかったな、みんな。もう大丈夫だ。プララも怒鳴って悪かった。さあ先に進もう」

できるだけ明るく言った。

「え、ええ、ええ！　それでこそビビア様です」

「俺たちの勇者はさすがだな。すでに戦略を立て直したようだ。」

「う、うん。ちょっと、びっくりしちゃったよ。もー」

よし、いつも通りだな。俺のリーダーシップにみんな何も言わず従う。

だが、

「大丈夫でしょうか？　視界を遮られた戦いに私たちは慣れていません。今まではアリアケさんがその最大の課題を取り払ってくれていましたが……。今回は、念のため一度引き返し戦略を練り直した方がいいのでは？」

聖女が口をはさんだ。

「は？」

引き返す？　引き返すだと!?

こんな冒険者ランクCレベルのダンジョンで引き返すようなことがあれば、戻ってから下々の人間どもになんていわれるか分かったものじゃない。国王からも失望されるだろう。

「そ、それは慎重論が過ぎるな。それに慎重も過ぎれば、逆に危険を招くことになる」

咄嗟に反論した。だが、言ってみるとそのような気がしてきた。そうだ、そうだ、敵に背を見せることは死につながることもある。

それに、と俺は続けた。

「俺は選ばれし男なんだ。これくらいのダンジョンで苦戦することなんてありえない」

そう言うと聖女は納得したのだろう、黙ってしまう。どうやら説得がきいたようだ。

よし、と踵を返し進もうとする。

「……返すことも戦略の一部だと……はおっしゃっていましたが……」

「ん？」

聖女が何かを呟いたように思って、俺はもう一度聖女を見る。

だが、聖女は何事もなかったように、口をつぐんでいた。そしてその視線は一切ぶれずに、10メートル先の暗闇を見つめていた。

プララの作る光源が届かない暗黒を。

そこから、今しも何者かが飛び出して来るのを警戒するかのように。

(何か聞こえたように思ったが気のせいか。それにしてもこの聖女は心配性すぎるな。気配くらい俺たちなら簡単に察知する。『冷静でさえいれば』不意を突かれることなどありえないというのに)

そんなことを思いつつ、俺は今度こそ先に進み始めたのである。

1時間後…………。


「おい、デリア。同じところをぐるぐる回っているんじゃないか？」

「え!?　そ、そうかしら？」

「まさか、道に迷ったのか!?」

「えっと、いえ、その」

俺の言葉にデリアは焦った様子を見せた。

「地図があるのに何で迷うんだよ！　何度も来たダンジョンだろうが、ここは！　それにまだ25階層だ。半分も来てないんだぞ!?」

いつもなら一瞬で通過する程度の階層だ。

「で、ですけど、こうも暗いと自分たちがどこにいるのか、分からないんですよ！」

「はあ？　たかだか地図を読むだけで何を大層なことを言ってるんだ……。それに、あのアリアケですら初見で案内できてたってのに」

俺は呆れる。

すると聖女が口を開いた。

「あの人が異常なだけです。マップだって完全ではなかったのに、その都度修正しながらナビゲートしてましたからね」

「だが、今はそのマップは修正して完璧だろうが！」

「マップはそうですね。ですが、明かりがなければ、見える光景は異なります。目をつむっているのと基本的には同じなのです。だから、道に迷うのは当たり前です。ゆえに進むのはいつもの倍は慎重にしなければなりません」

彼女はそう言ってから、後ろを指さした。

「なんだ？」

「先ほど、以前見かけた壁の傷を発見しました。確か、そこを曲がれば下の階層へ続く階段があったはずです」

「さっさと言えよ！　よし行くぞ、お前ら」

聖女に対してぞんざいな口をきいてしまう。だが、アリアケを擁護するような聖女の口調がいちいち癇に障った。

俺はそれをごまかすかのように足早にそっちへ向かおうとする。

だが、

「アリアケさんがつけておいてくれた傷ですね」

「は？」

俺は何を言われたのか分からず、おかしな声を上げてしまう。

「いざという時のために、アリアケさんがつけておいた傷ですよ。ダンジョンでいつもマップを見られるわけではありません。戦闘中や何かしらの緊急時には特に。ですから、自分なりの目印を作っておくのです。これもアリアケさんが講義していたでしょう？」

「ふん。そんないつ使うか分からないもんに、ご苦労なことだな」

「そうですね。ですが、今、役立ってます」

「そんなの偶然だろう！」

俺は思わず怒鳴り、先へ進もうと足を踏み出す。

「!?　止まってください！」

「はぁ、うるさいぞ！　これ以上おれに指図……」

するんじゃねえ！

その後半の言葉が口から出ることはなかった。

『冷静でさえいれば』、その気配に気づかないことなどなかったろう。

だが、今は他の一部しか視界のきかないダンジョンの中、道に迷い、集中力は限界に達していた。

だから俺はそのモンスターからの一撃をもろに受けたのだった。


「がああああああああああああああああああああ!?!?!?」

俺は激痛の走る腹部を見下ろす。

骸骨騎士の剣が俺の腹部を貫いていた！

「あ、あがあああああああああああああ!?　いでぇ!?　いでぇ!?　いでぇよおおおお!!」

嗚咽が漏れる。ヒューヒューというううるさい音がなっていた。それが俺の口から漏れる息の音だと知ったのはしばらくしてからのことだ。

だが、おかしかった。

「なんでだぁ！　相手は……モンスターはただの骸骨騎士なのにいいい!?」

骸骨騎士はレベル20程度。ランクB程度の冒険者なら倒せるモンスターだ。

「俺のランクはSなのにぃ！　貫けるはずがない！　俺の体を！　ダメージなんて受けるはずないんだ！　ただのレベル20程度のモンスターにぃ!!」

激痛で涙が流れて前が滲んで見えない。

痛みで混乱し、俺の目の前に骸骨騎士が立ち、今まさに俺の首に剣を振り下ろそうとしている現実すら見えていなかった。

「危ない！」

と、そこへエルガーが飛び込んでくる。

国の盾と言われるほどの鉄壁を誇る男だ。

（くそ、ノロマめ。もっと早く来い）

俺は内心で悪態をつきつつも、ホッとする。

だが、これで大丈夫だ。時間が稼げる。

腹はまだじくじくと痛みを伝えてくるが、冷静になり始めていた。

恐らくこれは何かの間違いだ。そうだ、誰にだって万が一がある。勇者である俺でさえも油断していたのだ。二度とこんな不運は訪れることはない。ただの偶然。そう偶然だ。

　そう自分に言い聞かせる。

　しかし、

「ぐ、ぐあぁぁあああ……」

　押されていた。

「おい……」

「ぐ、ぐあああ。う、うぐぐっぐぐぐぐ、があああああ」

「おいっ……」

「ぐぐうぐうぐぐっぐぐぐぐうううううううううああああああああああ」

「おいって言ってんだよ！」

　俺は腹から大量に流れ出る血を押さえながら、喚き散らした。

「何やってやがる！　エルガー！　骸骨騎士ごときに押されてるんじゃねえぞ！」

「だ、だが、勇者よ。違うんだ。いつもなら、これくらいの攻撃、難なく受け止められていたのに
……ぐ、ぐああああああああああああああ」

　鋼の肉体。国の盾。そう言われた男の体は骸骨騎士の膂力に押される。通常攻撃に難なく切り裂かれ、そこかしこから出血を始める。

　明らかに骸骨騎士と戦うにはレベルの足りない冒険者の姿がそこにあった。

（馬鹿な、そんな馬鹿な！　俺たちはアリアケ以外、全員Aランク以上。俺と聖女に至ってはSラ

ンクの冒険者なんだぞ！）

なのにどうして、骸骨騎士一匹倒すことができないのか。

「このでくの坊が！　頑丈なだけが取り柄のお前みたいなのを何で連れてきてやってると思ってるんだ！　盾役すら満足にこなせねえのかよ！」

「だ、黙れ！　お前こそ勇者のくせにいきなりやられてたではないか！　自分のことは棚に上げて、この恥知らずめが！　いつからお前はそんなに偉くなった！　いつも体のでかい俺に怯えていた腑抜けのくせに！」

「何だと!?　お前誰に向かって口をきいてるか分かってんのか!?」

「二人とも邪魔よ、どいて!!」

罵り合う俺たち二人を罵倒しながら、女拳闘士デリアが割り込む。

「くらえええええええええええええええ！」

彼女は魔力で肉体を強化し、またユニークスキル《祝福された拳》による防御不可攻撃のスキルを持つ無敵のファイターだ。

彼女の拳をまともに受けて立っていられる敵はいない。

「え？」

「「は？」」

デリアがポカンとし、俺とエルガーが間抜けな声を上げた。

「嘘、どうして……」

「なんだよ、どうなってるんだよ！」「そんなこと知るものか！」

錯乱状態になった。なぜなら骸骨騎士はデリアの攻撃を受けてなお、そこに立っていたのだ。いや、それどころか、ダメージすら受けた様子がない。

そして次の瞬間には、

「うげええええええええええええええええええ」

デリアが雄たけびのような悲鳴を上げた。

体中を傷だらけにしてその場に倒れる。

骸骨騎士の至近距離からの魔法攻撃が直撃したのだ。だが、それは詠唱も特にない魔力をぶつけただけの単純な魔法だった。

「あの程度の魔法一撃で瀕死だなんて……」

俺は目の前で起こっていること全てが信じられずに、ただただ恐怖を覚え始める。

気づけばガタガタと歯が鳴り始め、涙が流れ始めた。

「そ、そうだ、プララ！　魔法で支援しろ！」

俺は天啓とばかりに言った。

何で気づかなかった。プララの魔法支援があれば攻撃力・防御力が格段に上昇するはずだ。

今回は不意をつかれたために、魔法によるバックアップが間に合っていないのだ。

「早くしろ！　でないと全滅だぞ！」

「……るよ」

「プララ！　どうした！　早く支援魔法を！」

「もうやってるって言ってんのよ！」

「…………は？」

もうやっている？　何を？

「攻撃支援魔法も防御支援魔法もどっちもありったけ掛けてるってんのよ！　でも、なぜかいつもみたいな支援力が出ないのよ！」

「じゃ、じゃあ。今のこの状態が……こんな状態が……俺たちのベストな状態だってのか？」

俺は愕然とする。

「嘘だ、嘘だ、嘘だ、嘘だ」

俺は腹の痛みに身をよじり、知らぬ間に涙を流しながら呻いた。なんでこんなことに……。

「俺は選ばれた勇者なんだ。なのに」

倒れ伏した拳闘士、脆い盾役のでくの坊、明かりすらつけられない魔法使い。こんな役立たずどものせいで、俺はこんなところで死んじまうのか……。

「なんでこんなことにい！」

俺は断末魔のような叫び声を上げる。

と、そこに。

「エリアヒール。《天使の息吹》」

場違いだと思うほど冷静な詠唱が聞こえた。それと同時に腹にあった傷がみるみる治っていく。

「アリ……シア……」

「ふう」

彼女はこんな事態だというのにまったく動じていないようだった。冷静に、次の瞬間には大聖水を使って骸骨騎士を一時的に無力化した。しばらくは動かないはずだ。

まさに大聖女とも言うべき貫禄がある。

「なんでこんなことに、とおっしゃいましたが……」

と、アリシアは静かに口を開く。

「そんなことは決まっています。あの人がいないからに決まっているでしょうに」

あの人……。俺はギリギリと割れるほど歯ぎしりする。それが誰を指しているのか、俺には痛いほど分かったからだ。

アリシアは静かに続きを話す。

彼女のその目はまるで俺たちを虫か何かを見るかのように思えて、俺は思わず背筋をぞっとさせた。

「視界不良の中での気配察知。なるほど、確かに冷静さを失わなければ大丈夫かもしれません。暗闇も恐れる必要はないのかも。ですが、ダンジョンでは常にトラブルと隣り合わせ。そんなところで常時冷静でいられるような方は、まあ、あの人しかいないでしょうね」

「っ!?」

「攻撃も防御も機能しない理由。そして、その支援魔法すら効果が薄い理由。それもあの人の補助スキルがないからです」

「なんだって!?」

「まさか、気づいていなかったのですか?」

聖女は信じられないという顔をした。

「皆さんにはそれぞれ攻撃補助、防御補助、魔法補助、敏速スキル、ダメージ軽減スキル、回避スキル、鉄壁スキル、回数付きダメージ無効スキル、クリティカル補助スキル、ターゲット操作スキル、カウンタースキル……。モンスター相手には攻撃力低下、防御力低下、鈍足、ダメージ低下、回避不可、必中スキル、貫通スキル、防御不可、スリップダメージ、などなど。ありとあらゆる補助スキルの恩恵があったのですよ。それこそ、誰だってAランク冒険者になれるレベルの」

彼女は淡々とそう言う。

「そ、そんなわけねえ! これは俺が修行して手に入れた力だ! 俺が自分の才能でっ……!」

「アリアケさんが説明された時もそう言って、あの方を罵倒されましたよね。覚えてないと思いますけど……」

「!?」

「まあ、あのかたはそんな小さなことを気にする人ではありませんけどね♪」

聖女はアリアケのことをそう言うと、一瞬だけ、誰にも見せたことのない夢見る少女のような表情を浮かべた。

「おっと、さて」

コホンと咳払いし、次の瞬間には、いつものように冷静な表情に戻った。

「さ、みなさん、それよりも立ってください。何とか隊列をたてなおし、ダンジョンから脱出しましょう」

彼女はそう言って踵を返す。

「アリアケさんがいない今、どこまで撤退戦がやれるのか保証はできませんが……このままだと死ぬだけですからね……」

そう呟きながら。


「ふう、ふう、ふう……」

俺たちは何とか15階層まで戻って来た。だが、それは命からがらだ。メンバー全員が大きなダメージを受けて血みどろの状態であった。

ダンジョンでは負傷者がいると、モンスターが増加する。ダンジョンが探索者を狩りに来るからだ。

そのため、ここまで戻って来るだけでかなりのモンスターから襲撃を受け、また体力と魔力を消費していた。イライラも限界だった。唯一、アリシアの上級回復魔法のおかげでギリギリ何とかもっているようなものだ。

「くそ、このままじゃ全滅するぞ！　くそっ！　くそっ！」

「ちょっと勇者様!?　そんな大声を出したらモンスターに見つかっちゃうじゃん!?」

プララがまるで俺が悪いかのように声を上げる。

「黙れ！　この役立たずが!!　お前の魔法がヘボいから、俺がこんなに苦労してるんだろうが！」

「なっ!?　そ、そんな！」

ああ、もう、面倒だ！

「いいから、お前の回復薬をよこせ。役立たずのお前が持っていても無駄だろう」

「だ、だめだよ。もう残り少ないし、勇者様は自分の分、使えばいいじゃん。あ、あたしだってまだ魔法使わなくちゃいけないいんだし」

「嘘だな？」

「!?」

俺の言葉にプララが顔面を蒼白にする。

「さっきの階層からまったく魔法を使ってねえじゃねえか。それって、魔力が切れたってことじゃないのか？　ええ？」

「な、なわけないじゃん！　お、温存だよ！　温存！　私の魔力量は1万を超えてるんだよ、そう簡単に……」

「本当なのか？　おい、アリシア、同じ魔法使い同士、お前から見てどうなんだ？」

すると聖女は、はぁ、とため息を吐いてから。

「戦力の確認は必要ですし、問われたので答えますが……。もうプララさんに魔力はほとんど残っていません。証拠に、明かりの範囲が狭まってます」

「ちょっ!?　アリシア！　あんた何言ってんの!?　勝手なこと言ってんじゃねえぞコラ！　子供の頃みたいにいじめられてーの!?　最近は聖女だとか何とか言われて調子に乗ってるんじゃゃ……」

「事実を申し上げたまでです。それに調子に乗っているのはあなたですよ、プララさん。その魔力量1万というのは、あの人の魔力貯蔵という補助スキルによる恩恵だったのですよ？」

「は？」

何を言われているのか分からない、といった様子でプララが呆然とした。そして、

「あ、あははははは！　んな、わけ！　んなわけ！　んなわけねえだろうがああああああああああああ！」

「おい、こんな時にやめないか！」

絶叫して、アリシアに殴りかかろうとする。そこをエルガーがはがいじめにして押さえた。

「馬鹿が!!　そんな大声を出したら！」

モンスターが集まって来る！　そう注意しようとした時である。

「やかましいな。我が寝所の前で……」

腹の底にズンと響くような声が、辺り一帯に響いたのである。

そして、暗闇から、あまりにも巨大な、四つ足の獣が現れる。

「そ、そんな。嘘……だろ？」

俺は目を疑う。こんなバカなことがあるものか。

こいつは、

「99階層にいるはずのフェンリルがなんでこんなところにいるんだよおおお!?」

思わず絶叫の悲鳴を上げてしまったのである。

フェンリル。神々しき天界の守護獣。

地獄の番犬と言われるこの存在は、以前の俺たちならば戦えた相手だ。

だが、骸骨騎士にすら苦戦する俺たちが束になってもかなわないことは確実だった。

一撃も与えないうちに、殺されてしまうだろう。そもそもSランクの冒険者たちがやっと勝てるかどうかと言うモンスターなのだ。

「気まぐれに出てきてみれば、ただの虫であったか。つまらぬ」

フェンリルは珍しいブルーの美しい光沢をした毛並みだった。俺たちを敵とすらみなしていないことが分かった。

ガタガタと震える。

だが期待もあった。もしかしたら見逃してもらえるかもと。

が、

「まあ、多少腹の足しにはなるか。それにダンジョンに捕らわれし我の無聊（ぶりょう）の慰めにも」

フェンリルは俺たちを敵ではなく、餌として認識したことがありありと理解できたのである。

そして、俺はすぐに行動に移った。

「おらぁ！」

ばきぃ！

「けひゅ!?」

俺は間髪容れずに、プララの鳩尾（みぞおち）にボディーブローを叩き込む。油断していたプララは思いっきり腹のものをぶちまけながら地面に倒れ込み、ぴくぴくと痙攣した。

プララは身動きが取れない。

「やっぱりアイテムを隠し持ってやがったか！」

時間がない！　俺は遠慮などせず、プララの体中をまさぐって、隠していたアイテムを根こそぎ奪う。

「お、おえええ。う、う、な、なんで……」

地面に倒れたプララは腹のものをぶちまけながら、涙と鼻水にまみれている。

「ビビア様、いきなりなんてことをっ……!?」

「そ、そうだぞ、勇者。いきなり仲間を殴るなんてっ」

デリアとエルガーが抗議してくるが、

「馬鹿が!!　何を呑気なことを言ってやがる！　このままじゃ全滅だろうが!!」

そんなことも分からねえのか、この無能どもは！

俺は内心で悪態をついた。幼馴染だからとパーティーに加えてやっていたのに、これほど役立たずだとは！

するとデリアとエルガーはポカンとした表情になり、

「も、もしかしてそれは」

「プララをここに置いて行くという……そういう意味なのか？」

はぁ。全部説明しなくちゃ理解できねえのかよ！　この低能ボンクラどもは!!

「た、助けを呼びに行くだけだ！　このままじゃあ全滅だぞ！　なら、ついてこれねえ仲間を置いて行くしかねえだろうが！　これはやむを得ない判断だ！」

「ア、アイテムのことは」

「もう残りのアイテムが少ねえんだよ。この階を脱出しても、上の階で手詰まりになる！　俺たちが何とか脱出しなきゃならねえんだ！　でないとプララだって助けることはできねえ！　大丈夫だ、プララ、別に見捨てるわけじゃない！　助けを呼びに行くだけだからな！」

俺の言葉にデリアとエルガーは理解したとばかりに表情を消した。

「そうね。急いで助けを呼びに行かないといけないわ」

「デ、デリア!?　な、なんで！　どうしてよ！　じ、じにたくない!!　じにだくないいいい！　だ、助けて！　助けてよぉ!?　エ、エルガー!?」

「すまない、プララ。なんとか持ちこたえてくれ。魔法の使えない足手まといのお前を連れて行けば全滅する。苦渋の決断だが、これしかないんだ」

「ッ!?　そ、そんな!!　あたしたち仲間でしょ！　くそ！　くそ！　あんたら許さないからね！　絶対に許さない!!　許さねえ！　呪ってやる！　呪い殺してやるからなぁ!!」

そんな言葉を背中に聞きながら、俺とデリア、エルガーは駆け出す。

一刻も早くこの場所から逃げ出さなくてはならなかった。

だが、

「アリシア、何してるんだ！」

「いえ、私はここでこのフェンリルを食い止めますので」

「馬鹿が！　プララと一緒に死ぬ気か!?」

「……行ってください」

アリシアはそう言うと、結界魔法を唱える。

白い透明な壁が通路を遮る。これでそう簡単にフェンリルは俺たちを追ってはこれないだろう。

「アリシア、くそ！」

ちぃ！

俺は舌打ちする。

聖女はまだ使えそうだったから、ここで別れるのはかなりの痛手だった。今後の回復はプララから奪った回復薬しかないということになる。

だが、今はこの窮地を脱することが先決だった。

いや、考えようによっては、二人の犠牲で確実に俺の命が助かるのだから、安いものかもしれない。尊い犠牲というやつだ。

明かりもデリアの炎の魔法で代替すれば何とか帰れるっ……！

「よ、よし分かった！　必ず助けを呼んでくるからな！　死ぬんじゃねえぞ！」

俺はまったく自分で信じていないセリフを叫びながら、この場から逃げ去ったのであった。

～聖女アリシア・ルンデブルク視点～

やれやれ。

私は嘆息する。

聖女などと言われてしまってから何年もたちました。おかげで、こんなところに残っているわけですが……、

「だ、だすけで!!　ねえ、聞いてるのアリシア!!　私を助けなさいよ!!　ねえ！」

さっきから、なんだか地面からうるさい声が聞こえてきます。

さすがに集中できません。距離はありますけど、ゆっくりとフェンリルが迫ってきているのです。

「ちょっと黙りなさい。プララ」

「!?」

私が普段出さない声を出したせいで、プララさんを驚かせてしまったようですね。

「驚かせてしまいましたか？　でも今は大事な場面ですからね。……あの人もいないですし、はぁ……だから、洞窟に来てからもあんまりやる気出ないのですよね……。多少羽目を外しても構いま

せんでしょう？」

「あ、あんた、誰に口きいて……」

「……分かったどうかだけ、答えなさい」

冷たい口調で言う。

「ひっ!? わ、分かりま……した……」

いえ、怯えなくても宜しいでしょうに。

「心配しなくても、私だってまだ死にたくありません。あの人に会っていっぱいラブラブしないといけないのですから」

「ら……らぶらぶ……？ あ、あんた何言ってんの？ それにあんたの言うあの人って……」

プララさんが啞然とするのが分かった。私の口調が聖女のイメージとずれているからでしょう。

「そんなのアリアケさんに決まっています♡」

ああ、言ってしまいました！

私の愛しい方。この世界で唯一の人。私の英雄様。

「どうして、あんな奴を……。何の役にも立たない、パーティーのお荷物だったのに……」

プララさんの言葉に、私は思わず吹き出しました。

「そんなわけないじゃないですか〜。言い方は悪いですが節穴すぎますよー。冗談はやめてくださいっ。英雄をつかまえて無礼千万ですよ？」

「なっ!?」

「だいたいですね、勘違いされているんですよ、皆さんは。いえ、実力が開きすぎていて分からないのかしら。あっ、でもアリアケさんが隠していたわけじゃないですよ。あの人ったらいつも正直に言ってましたからね。信じなかったのは皆さんです。そして、この状況なわけですけど」

いいですか？　と続ける。

「まず、あの方にユニークスキルがない、というのがそもそもの間違いです」

「う、嘘よ！　だって鑑定士がアリアケにはユニークスキルはないって！」

「そういうユニークスキルじゃないですよ、多分ですけど。恐らくスキルではなくて、存在が〝ユニーク〟なんじゃないでしょうか。あの方がユニークスキルがないと言われてから、悔しくて私が大陸中の書物をありったけ調べた末の推測ですが、あの方のユニークスキルは《隣に侍る神》だと思います。そういう意味では〝称号〟などに近いのでは？」

「隣に侍る神ぃ？？？　はぁ、何よ、それ？？？　ん？　いや、でもそれってどこかで聞いたことがあるような……」

「村でおばあちゃんたちに聞いたでしょうに。１万年以上前のおとぎ話ですよ。いわく、世界を救う勇者が現れる時、その隣には《あらゆる助けを行う神が侍る》、と」

「あいつが神だって言うの!?」

プララさんが驚愕した。

「ああ、いえいえ。さすがに神ではないと思いますけど……。伝説なのでエッセンスだけ残されたんだと思います。恐らくですけど、アリアケさんは神に選ばれた存在なんじゃないでしょうか。例えば神の使徒として神託を受けていらっしゃるとか？　例えば、私たち勇者パーティーを後方支援せよ、とかでしょうか。まあ私の推察ですけど」

「そんなわけない！　あいつが私たちより優秀だなんてことあるわけない！」

え、そこですか。

「えーっと、まあ、いえ、いいんですけどね。理解できないことは、そのままで。無理しなくても。ですが、ダンジョンにもぐって分かったと思いますけど。体感されたと思いますけど、彼はあらゆる補助スキルでこのパーティーを助けていたんですよ。ですが、もちろん、それだけではありません」

私はそろそろフェンリルに集中しだす。まもなく、戦闘の間合いとなるからだ。

「アイテムの管理、罠の発見と回避、ダンジョンナビゲート、スケジュール管理、魔力・体力量管理、食糧調達、休憩場所の確保。旅に必要な準備や技術のほとんどはアリアケさんがもたらしてくれたものでしたよね？　それって、おとぎ話のまんまじゃないですか？」

おとぎ話の中でも、その神様というのは、勇者に必要な助言を与え準備を手伝ってくるありがたい存在として描かれる。魔王討伐に集中できるのは、その神様のおかげだったという風に。

「そ、そんな……。じゃ、じゃあ私たちは」

プララさんがやっと現実を理解し、顔を更に青ざめさせ始めた。

だけどもう遅い。彼は遠くに行ってしまった。というか、きっと田舎で畑でも耕そうとか言っているだろう。あの私の英雄は、ひどく一般人のように振る舞うからだ。それがまた周りからマイナス面の誤解を招く。特別な存在なのに。

そして、だからこそ、節穴がちの人々は、彼の真価に気づかない。でもそれはいい。

私だけが気づいていればいいのだ。それはそれでとても優越感のあることなので。聖女にあるまじき、はしたない思いですが。

さて、

「あなたたちは勇者パーティーの要を……。いいえ、この世界の英雄を、自ら追い出したのですよ。あの人に随分助けられながら。恩をあだで返すかのように」

プララさんが絶句されてますが、悠長なおしゃべりはここまでです。

「おしゃべりはもうよいか？　では死ぬがよい！」

「!!」

フェンリルが跳躍した。

「消えた!?　ひぃいいいいいいいいいいい!?　助けてえええええええええええええ!?」

プララさんは悲鳴を上げながら、私を放って、こけつまろびつ後ろに逃げ出して行きます。

プララさんには消えたように見えたのでしょう。相手が速すぎて見えなかったようですね。っていうか、助けに来た私を放って逃げるとは、ある意味潔いですね。ちゃんとこの先も運よく逃げ切れるといいのですが。

もう結界は解いています。あれはフェンリル君がビビアさんたちを追いかけないように張っていたんじゃありません。

ビビアさんたちが邪魔してこないように張っていたんです。だって、

「なに!?」

「何を驚いているのですか？　フェンリル君。まさかまさか、一撃で私を屠れるとでもお考えだったのでしょうか？」

ガキイイイイイイン！

鉄と鉄を激しく打ち鳴らすような音が鳴り響く。それは私がフェンリル君の振り下ろして来た爪をロッドで受け止めた音だ。

地面がミシリと音をたてて砕ける。

だけど、私の体勢は崩れない。

「!?　なるほど、やっぱりアリアケさんの補助がないと、普段の何百分の一程度の力しか出ないのですね。さすがあの方は偉大です。さすが私の英雄様♡」

「何を戦闘中に言っている！　今度は杖ごとへし折ってくれる！」

ブオンと、もう一度大ぶりの一撃が放たれる。

それを今度は、

「しゃらくさいです！」

「なっ!?」

再度、弾き返した。その衝撃でフェンリルが10メートルほど吹っ飛ぶ。

「な、なんという力だ。人間……。お前はなぜこれほどの力を手に入れることができた？　いかなる呪法に手を染めればこうなる？」

呪法？　フェンリル君がけったいなことを言ってきます。

「修行したからです!!」

私は宣言した。

「しゅ、修行だと？　嘘を吐くな！　限界があるだろう。たかだか人間がフェンリルと打ち合うなどと……」

「だって、強くならないとアリアケさんの隣に立っていて恥ずかしいじゃないですか！」

「は？　アリ……誰だそやつは!?」

フェンリル君がなぜか戸惑います。

「もう、アリアケさんはアリアケさんに決まってます！」

私はそう言ってから、

「あの方ったら強すぎて、才能ありすぎで、隣に立っていても助けられてばっかりで……。それだと恋愛対象として見て頂けないでしょう？　やっぱり夫婦は持ちつ持たれつじゃないと……。並び立てるような存在じゃないといけないって。……だから頑張ったんです！」

それはもう血のにじむような！　血反吐（ちへど）はくくらい！　いいえ、吐きました。

「だが、お前は聖女だか大聖女だか言われていたのではなかったか？　そういう会話が聞こえて来た気がするが？」

「そんな、よそ様からの評価はどうでもいいんです！　アリアケさんのスケールはそんなんじゃないんです。ぶっちゃけますと、アリアケさんにちゃんと私を見てもらうには、そんな称号は邪魔なくらいでして。私はアリアケさんにちゃんと評価してもらい、称号を頂きたいと思っているのです」

そう妻として、人生の相棒的な感じの！

「く、くくく」

なぜかフェンリル君が笑い出しました。

大きなお口に牙をのぞかせながら、ニーッと笑いますので、迫力がすごいですね～。

「面白いぞ！　人間！　いいや、アリシアとやら！　我が無聊を慰めるに十分！　いいや、この1万と数百年、この呪いのダンジョンに封印され退屈も極ったが、生きてきてこれほど面白かったことはない！」

「あら、閉じ込められているんですか？　それはずいぶんお気の毒な話では？」

「左様。であるから、人間よ。見事我を討ち果たしてみよ！」

「えっ？　なんでそうなるんですか？」

「ふ、我はもう生き飽きた。望むのは心ゆくまで戦い、そして滅されることのみよ」

遠い目をされます。黄昏というやつですね。うーん、でもでも。

「自殺志願っぽくて嫌なんですが。それって自殺ほう助のような……」

きっとアリアケさんだって、殺すのを手伝うのは嫌がるはず。

あっ、そうだ。

「では私が勝ちましたら、一つ私の願いでもかなえてもらいましょうか」

「良かろう。腐っても我は十聖のフェンリル。かつて人の英雄と旅をした獣。人との約束はたがえぬ」

「？」

人の英雄と旅？　その話もいつかおとぎ話で聞いたことがあるような……。

「では参るぞ！」

「えっ!?　もう、せっかちですねえ」

そんなわけで、私とフェンリル君の戦いが始まったのでした。

ちょっと『呪いの洞窟』が崩落しそうなほどの戦いでしたが、ダンジョンというのは丈夫なもので、なんとかかんとか事なきを得たのです。

もちろん、私が勝ちました。杖は折れましたが、

「腕力がそれほど強いというのは、修行の成果なのか？」

「もちろんですよ。アリアケさんもきっと喜んでくれますよね」

「…………」

倒れ伏したフェンリル君が沈黙しました。いや、なぜに沈黙？　アリアケさん、きっと喜んでくれるはずなのに。強くれなれ、と昔言われたので、強くなりましたので。

「それはともかく、一つ願いを聞いてもらいましょうか」

くっくっく、と邪悪に微笑みながら、倒れたフェンリル君に近づきます。

「良かろう。なんでも申すがよい。我が命と引き換えに永遠の命と若さをもたらす霊薬を欲するか？　それとも我が昔飲み込んだ伝説の剣バルムが欲しいか？　いいや、あらゆる病を治すために我が心臓の肉を……」

「フェンリル君!!　あなたは私の使い魔になりなさい！」

「……は？」

フェンリル君は驚いた表情を見せる。

「我を使い魔に。お主は聖女ではなかったのか？　テイマーだったのか？」

「いいえ。でも修行しましたから！　大丈夫です、使い魔になって一緒に行きましょう！　１万年も閉じ込められたら、もう十分でしょう？」

フェンリル君は驚いた表情になり、その後少し嬉しそうな色を瞳に宿したあと、ふるふると首を振り、

「いいや無駄だ」

シュンとした様子で言いました。

「このダンジョンから我は生きては出られぬ。たとえ使い魔になろうともな。例外はない。そういう呪いを受けているのだ。使い魔になるのはいい。負けたのだから。しかし、ダンジョンの外には出られないから、役に立つことはできぬ」

心なしか、耳としっぽが垂れております。わんこ君だったのでしょうか。

「じゃあ、一度仮死状態になって、アイテムボックスに入ってくださいな」

「…………は？」

「あれ、わたし何か変なこと言いましたか？　あっ、安心してください。アリアケさん直伝ですので。あの人って発想がちょっとぶっ飛んでるんですよ。それに私、聖女ですので、アリアケさんも太鼓判を押してくれるくらい、蘇生魔術が使えるのです。死んで2、3時間以内なら蘇生可能です！　これだけは、アリアケさんも凄い凄いって言ってくれたんです！　私と彼のアイデアで初めてできる技法だから、自慢なんですよ！」

と嬉しくて言う。

「そもそも蘇生魔術を使えるような魔術師は、かつての時代もほとんどいなかったと記憶しているが……」

「あら、そうなんですか？　でも私は使えます。それで、まだ何か問題はありますか？」

あっけらかんと聞く。

「え、ああ、うーん、そうだな。いや、もう何でもいいか。調子が狂うわ。この人間。……本当に外に出られるのか？」

「アリアケさんが保証してくれましたとも。あのかたのことだから、ダンジョンのモンスターを外に出す方法がないか、実験されたか文献を読んで裏を取ったのでしょうねえ」

「そうか。いや、出られなくともよい。そう、うまく行く道理はないのだから。だが夢は既に見させてもらった」

フェンリル君は傍にやってきて、私の目の前でお座りをして頭を垂れるような仕草をした。

「我は十聖の獣フェンリル。そなたと、そしてその師たるアリアケに服従を誓おう。かつての英雄にそうしたのと同様の……いや、それ以上の服従を誓う」

そう言ってから、少し迷った様子を見せてから、

「あと、フェンリル君と言っているが……。訂正しておくが、我はメスじゃ。いちおう人型にもなれる」

「へ？　人型……？　なんか嫌な予感がどっとしたのですが……。もしかしなくても、とっても美人だったりとかしないでしょうね？」

「では我は少し眠る。ふ、ダンジョンの外で会えたならその時は……」

「ちょっと聞いてくださいよー！」

そんな言葉を無視して、美しい青銀の巨体が倒れる。

ズウウウウンという轟音を立てながら。

「やれやれですねえ」

私はアリアケさんから託されたアイテムボックスに、死亡判定されているフェンリル君……もといフェンリルちゃんを収納する。アイテムボックス内でも時間は経過するので急がなくてはならない。

「さてさて、では私もお暇させてもらいましょうか」

私はダンジョンから撤退を始める。

だが、もう勇者パーティーに戻るつもりはなかった。いちおう、挨拶くらいはするつもりだが、それはパーティーからの離脱を伝えるためだ。

「今回入った亀裂をどうやって修復するつもりでしょうかねえ、ビビアさんたちは」

呪いの洞窟のクエスト失敗。その上、仲間を置いて撤退してきた。国王の失望は深いだろう。仲間同士の関係にもヒビが入ったことは間違いない。アリアケさんと私が抜け、たぶんプラさんも、生きていたとしてもパーティーを抜けるように思う。囮にされて、パーティーに残るほど、お人よしではないだろう。とすると、3人しか残らない。ならば、新しいメンバーを入れる必要があるだろう。

「でも、誰が入ろうとするかしら」

ケチのついたパーティーには、なかなか人が集まらない。しかも、仲間を見捨てたパーティーなんて最低最悪だ。

私はそんな風に心配しながら退路を急いだのです。

3、賢者は冒険者ギルドを訪れる

コレットを仲間に加えてから数日後、俺たちはとある町へ到着していた。

「ここは何という町じゃ？」

「ここはメディスンの町だ。人口は1万人くらいか。オールティの町の途中にあるから立ち寄ったんだ。まあまああの大きさの町だぞ」

「……の割には、ずいぶん人出が少なくないかのう？　わしの気のせいか？」

「いや、気のせいじゃないだろう。えーっと、ちょっとすみません」

「はい、なんですか？」

俺はたまたま通りかかった通行人をつかまえて事情を聞くことにする。

「どうしてこんな様子なのかですか？　実は最近町の近くに『魔の森』が現れたんです。それで王国からも騎士団が派遣されたり、冒険者が駆り出されたりしているんです。商業も止まって完全にパニック状態なんですよ」

「なるほどな。了解だ、ありがとう」

町人は去っていった。

「あ奴、わしを見て目を丸くして、それから旦那様を羨ましそうに見てたぞ？　わしがドラゴンというのがバレたのかの？　完璧な擬人化術のはずなんじゃが」

自分を見下ろしながら言った。角も見えなくなっている。

「うーん、そうではないな。おおむね男というのは、美人の連れを見ると羨ましがるものなんだ」

「!?　そういうことか、では旦那様も鼻が高いじゃろ!!」

じゃろじゃろ！　と胸を張ってくるが、

「いや、できれば目立ちたくないんだが。盲点だった。難儀している」

「ぎゃふん！」

なかなか感情表現豊かなドラゴンである。ともあれ、

「先ほどの者が言っておった『魔の森』というのは何じゃ？」

「魔王が作るモンスターの巣、といったところだな。早期に駆逐しないと大変なことになる。何せダンジョンとは違って、モンスターの行動範囲に制限がない。放っておけば町は壊滅するだろう」

「旦那様でも駆逐するのは難しいのか？」

「まさか」

俺は首を振る。そんな段階になればこの国は終わりだ。

それに、

「魔の森には、第1段階から第5段階まである。恐らくまだ第1段階だろう。その段階であれば、皆に任せておいても構わないだろう。それに困ったら勇者が派遣されるはずさ」

「なるほどのう。旦那様の期待にこたえ、うまくやれると良いの」

「もっと詳しい状況は冒険者ギルドにでも顔を出せば分かるだろう」

俺は頷く。

「冒険者ギルドとな？　そこに旦那様も所属しているんじゃったかの？」

「そうだ。まあ、ランクはCだがな」

冒険者ランキングはEからSまである。なので、下から数えた方が早い。

「それはおかしいじゃろ？　どう考えても。仕組みに瑕疵があることは明白じゃぞ？」

コレットは眉根を寄せて言った。

だが、俺は首を横に振り、

「社会制度というのは、一般的なレベルにしておかないと機能しない。俺がはみ出し者なのが悪いとも言えないか？」

コレットは大きな目をぱちくり、とさせてから、

「なるほどのう。確かに旦那様は規格外じゃて。じゃが、それはそれで孤独なことじゃなぁ」

「そう思うか？」

「うむ！　竜種も同じじゃて。強すぎて、誰も近づけぬし、近づいてこぬ！　一緒じゃな！」

「いや、俺は一般人として生活したいタイプなんで。竜みたいに目立ちたくないと常々思ってるし」

「なんと、裏切り者め!?」

そんなことを話しながら、冒険者ギルドへと向かう。

「それはともかくとして、先に言っておくが、俺は勇者パーティーを追放になった身だ。本当は彼らが俺から巣立った、と言うべきだが、世間とは盲目的だ。理解したいように、事実を曲解しがちだ。だから、冒険者ギルドでは何かしらのペナルティを受けるかもしれんなぁ」

「その時はわしがこの町ごと焼き払ってくれようぞ！」

力強く言う。口からキシャーと炎が微量漏れていた。

「気持ちは嬉しいがコレット。持つ者は、考え方を変えないと人間社会ではやっていくのは難しいぞ？」

「ふむ。わしが永劫に旦那様と一緒にいるには、考え方を変えぬといけぬということか？」

永劫？　という言葉に首を傾げながら、いちおう「そういうことだ」と頷く。

するとたちまちコレットが熱心な様子で耳を傾けてきた。

なぜだろうか？

「さっきも言った通り、社会制度は一般人に合わせて作られている。なら、逆転の発想として、俺のような人間が、そっちのレベルに下りていき合わせてやればいい」

俺は淡々と、

「それが持つ者の責務というものだからな」

「な、なるほどのう！　眼から鱗じゃ！　わしの旦那様はさすがじゃな！　わしも下々の者には優しくしてやるとしようぞ！」

「下々というわけではないんだがな。あくまで自分が特別であることを忘れなければいい」

「分かったのじゃ！」

本当に分かっているのか不明だったが、とりあえずいきなり町を焼き払うことはしないだろう。

俺の匙加減一つで地図から一つ町が消える。ここで暮らす一般人たちの営みを守るのもまた役割と言えば役割なのだろう。

さて、そんなことを会話している間に冒険者ギルドへ到着した。

扉を開き、辺りを一瞥した。

普段よりもピリピリとした雰囲気が漂っているのが分かった。人数も多く、入っていった俺たちをギロリとにらんだ。どうやら、何事かが起こっているのは確かなようだ。

掲示板にもまったく依頼書の張り出しがない。そこには通常、各種の依頼が大量に貼られているはずなのだが。

「予想通り、何か起こっているようだな」

「どうするのじゃ？」

「そうだな……。とりあえず受付カウンターに行ってみるか」

俺は受付まで行き、そこの受付嬢に話しかけた。

「すまない。ちょっと聞きたいのだが」

「失礼ですが、お名前を先に伺っても宜しいでしょうか？」

受け付け嬢は忙しいのか、下を向いたまま言った。

「ああ、そうだな。俺はアリアケ・ミハマ。そしてこっちはコレット・デューブロイシス。冒険者登録をしているのは俺だけだが……」

と、途中までそう言うと、受付嬢がびっくりしたように顔を上げて、俺の方を見てから、

「アリアケ!?　あの勇者パーティーを追放になったという、あのアリアケ・ミハマですか!?」

大声で言った。

その途端、周囲の目もこちらへ向く。

「そうだが……」

「ちょっと、そこで待っていてください！　いいですか、逃げないでくださいね！　お、『王国からの勅』があります!!　ギ、ギルド長~!!」

そう言って奥の階段から2階へ駆け上がっていく。

周囲は一気にざわつき始めた。

「やれやれ、やはり大ごとになるか」

俺は嘆息した。しかも、よりにもよって、王国からの勅とはな。一冒険者に大仰なことだ。

いい加減に目立たずひっそり田舎暮らしがしたいのだが……。

しばらく待たされた後、階段から一人の男が下りて来た。

周囲は一通りざわついた後、次はヒソヒソ話を始めている。

まあ、勇者パーティーを追放になった男が現れれば、市井の者はざわつきもするだろう。

さて、階段から下りて来たのは、頭の禿げ上がった、筋骨隆々の男だ。かつて冒険者だったのだろう。そういう雰囲気が見て取れた。

「アリアケ・ミハマ。本物か？」

「そうだが。そういうあなたは？」

そう答えた俺を、男は睥睨するように見てから、

「人相書きとも一致するな。はあ。どうやら本物のようだな。俺はここのギルド長のオシムだ。ふん、よく恥ずかしげもなく、冒険者ギルドへ顔を出せたものだ!!」

いきなり大声で、怒鳴るように言った。

周りのヒソヒソ話も静かになる。耳をそばだてているのだ。

そんな中、ギルド長のオシムは、大きく息を吸い込んでから、

「アリアケ・ミハマ！　元勇者パーティーの一員であるお前から、冒険者ギルドのライセンスを剝奪する！」

宣言するように言った。

「まじかよ！」

「すげえ、ライセンス剝奪だと!?　そんなの相当な罪を犯さなきゃ、くらわねえ罰則だ！」

「こいつはすげーニュースだぜ！　かつての勇者パーティーのメンバーが、堕ちるところまで堕ちたってな！」

周りがまた一気に騒ぎになった。注目の的といったところだ。やれやれ。目立たないという目的

はどうやっても達成できなさそうである。

だが実は俺も少し興奮していた。

(俺の予想を上回ったか)

そう小声で言った。

(旦那様、なんで嬉しそうなんじゃ？　こやつら、旦那様から何か知らんが剝奪するとか言ってお
るのじゃぞ？)

(いやいや、俺の予想を上回られることが滅多にないのでな。ふむ、ランクをEまで降格される程
度かと思っていたのだが……。こいつら俺の予想を超えたぞ？)

これでは薬草取りの依頼を受けることもできない。また、素材の買い取りもギルドにしてもらえ
ないということだ。他の商店でも買い取りはしてもらえるが、ギルドよりも安くなるだろう。

(困ったものだなあ)

(もうちょっと困った顔をしてから言うものではないかのう？)

(おっと、そうだな)

俺は粛然とした顔をする。

「一つ尋ねたい」

「なんだ。もはやお前が冒険者ギルドに戻ることはできんぞ」

「へ？」

俺は目をぱちくりとさせ、

「いや、そんなことはどうでもいい。というか、何でまた再登録なんぞせねばならん。面倒くさい」

「そ、そんなことだとっ……」

ギルド長が絶句する。

義理で入っていただけだからなぁ。申し訳ないが、あんな面倒なのはもう頼まれてもごめんだ。

俺は真っ赤になるギルド長の反応を無視して続けた。

『魔の森』が近隣に出来たと聞いた。そんな最中にライセンス剝奪というのは、なかなか思い切った判断だと思ったのだが？」

「ふん！　何かと思えば、そんなことか。ははは、残念だが、勇者パーティーを追放になったお前ごときの力を借りるまでもない！　どうせそのことを根拠にライセンス剝奪の処分を取り消させようとする魂胆だろうが、そうはいかん！　お前の処分が緩むことはない!!」

鬼の首を取ったように言う。周囲も一緒に嘲笑やらではやし立てる。

「いや、だからそんなことはどうでもいいんだが……。まあ、今のでおおよそ分かった。今は第1段階の《凶荒》状態だと思うが、その対処に誰かが向かっているんだな？」

「その通りだ。先ほど言っただろう。王国の勅があったと！」

なるほど、そういうことか。

「王国騎士団か。……だが、なぜ勇者パーティーではない？」

俺は疑問に思う。もちろん王国騎士団が出向くこともあるが、ここは王都から見て遠い。ならば、近くにいる勇者パーティーに討伐依頼が出そうなものだが……。何かあったのだろうか？

「そんなこと知るか！　ともかく、お前の出番はもうない!!　勇者パーティーを追放になったような無能にはな！　俺たちだけで魔の森討伐は十分だ！　今、王国騎士団が討伐に向かっている！　そして、最奥のボスを倒したらここの冒険者たちで掃討戦を行う。それで終わりだ！」

「そうだそうだ！　ははは、無能は出ていけ！」

「二度と顔を見せるな、アリアケ・ミハマ！　勇者パーティーに幼馴染というだけで入っていた役立たずめ」

「俺たちだけで十分なんだよ！　お前の助けなんてまったく必要ねえぞ」

ギルド中が興奮し、俺をあしざまに罵り、嗤（わら）った。勇者パーティーの一員だったという嫉妬もあるのだろうか。今回の事件がもはや終わったことだとでもいうかのように、嗤い続ける。

そして、その直後『ダン！』という乱暴な音を立てて、冒険者ギルドの扉が開かれたのであった。

そこには一人、血みどろの騎士が一人、倒れ込むようにして入って来る。

鎧は破け、剣は折れていて、息が上がっていた。

そして、その死にかけの騎士は大きく息を吸い込むと、

「と、討伐は失敗！」

そう叫んだ。

続けて、ギルドにいる全員に向かって、

「モンスターの大軍が町へ進行中！　お前たちは至急防衛に当たれ！　これは王国から冒険者ギルドへの『緊急招集』である！　逃亡は死刑だ！」

そう命令し、気を失った。

冒険者ギルドには、王国からの緊急招集を断れないという法がある。

一瞬、ギルド内はシーンとなった。そして、

「そ、そんな、嘘だろ!?」

「話が違うぞ！　俺は楽なクエストだからって来ただけなのに！」

「や、やだ！　なんでこんなことに！　騎士団が勝てない相手に俺たちが務まるわけがないわ!!」

「だ、だが、逃げたら死刑だって。どうすればいいんだよ!?」

一気に阿鼻叫喚（あびきょうかん）の様相となった。

初心者の冒険者グループやレベルの低い冒険者の中には泣き始める者もいる。

ギルド長は先ほどまで真っ赤だった顔を青ざめさせていた。

「ふむ、騎士団め。全滅しそうになったから、モンスターたちを引き連れたまま退却してきたという訳か……」

俺は騒然とするギルド内で、一人はぁ、とため息を吐いた。

「騎士団ともあろうものが、馬鹿者たちめが」

「助けがいるか？」

俺はそう言ってギルド長に話しかけた。

冒険者ギルドは騒然としていた。魔の森から突然モンスターが街を襲撃し始めた。しかもそれは、

王国騎士団の敗北によって引き起こされたというわけだ。普通の人間ならば恐怖に駆られて当然だろう。

「くっ、役立たずのお前の助けなどいらん！　貴様たちしっかりせんか！」

「ほう」

俺は感心する。怯えてはいるようだが、それでもちゃんと役割をこなそうとはしている。

「なるほど、俺を大声で怒鳴りつけたりしたのも、よく考えれば理由があったかもしれない。それは自分の恐怖に打ち勝つためだ。俺はCランクとは言え、勇者パーティーの元メンバー。そういった人間からライセンスをはく奪するというのは、勅命があるとは言え、勇気がいる行為だ。こいつはこいつなりに何とか職責を果たそうと、自分を奮い立たそうとしていたのかもしれない」

「旦那様はあのような仕打ちを受けたにもかかわらず、本当に広い公正な目で相手を見るのじゃな」

コレットは驚いて目を見開いた。

「物事は一面的ではないからな。誰しも良いところと悪いところがある。上に立つ者はその両面をしっかりと見定めてやらねばならん」

「上に立つ者の責務ということじゃな……」

勉強になるとばかりに、コレットは大きく頷く。

ギルド長の掛け声は続いている。

「武器を持て！　盾を構えろ！　敵はもうすぐそこまで来ているぞ！　俺たちがやらなけりゃ、どっちみち皆殺しなんだ!!」

だが、冒険者たちは震え、怯えている。何かがもう1ピース足りないといったところか。それならば……。

「ギルド長。今回の報酬はいくらになる？」

「ああ!?　こんな時に……くそ、たった金貨1枚だよ！　くそったれが！」

なるほど。まあ、王国の強制徴発では精々そんなところだろう。

「旦那様、今の質問はどういう意味があるのじゃ？」

「簡単なことだ。雇用主は正当な報酬を支払わねば、部下たちは働いてくれない。それを理解するのも上位者の義務というだけだ」

俺はそう言ってから、テーブルの上に立った。そして、

『ジャリジャリジャリン！』

思いっきり手持ちの金貨を床にばらまいたのである。

「「「は？」」」

それまで阿鼻叫喚の状態だったギルドが一斉に静かになった。

一体何が起こったのか、理解できずに思考停止状態に陥っているようだ。

さて、

「一人頭、今回の戦いに最初から最後まで参加すれば金貨100枚を払おう！　これは大王国法令における契約事として、君たちと俺の契約だ！」

俺はそう大声で言い放ったのである。

時が止まった。大王国法令における契約は呪いの一種で、決して破ることができない。その時点で俺の申し出が真実であることが証明されている。

俺は構わず続けた。

彼らはまだ頭がついてこないようだ。が、申し訳ないが彼らのスピードに合わせていては俺が退屈だ。それに今は時間が惜しい。すまないが俺の速度についてきてもらうとしよう。

「お前たちは何だ！　冒険者だ！　ならば破格の報酬のために命を張ってみせよ!!」

俺は大上段より皆に号令をかける。

しかし、

「なっ!?　そ、そんな無責任な！　魔の森のモンスターが大軍で迫って来てるってのに！　しかも王国騎士団だってやられちまったんだぞ！」

そんな反対意見が上がった。

だが、一方で、

「け、けどよ。金貨１００枚って言ったら……。しかも嘘じゃねえ。大王国法令契約だぞ？」

「あ、ああ。何年分だ？　それなら家族を食わせてやれる。ボロボロの家だって直してやれる」

「俺には病気の妹がいるんだ……」

そんな声も聞こえて来た。いや、むしろそうした声が大勢である。

金で釣ったという意見があっても俺は構わない。実際に彼らは言っているのだ。金貨１００枚でどれほど救える家族や友人たちがいるのかを。ゆえに十分な報酬を支払うことは上に立つ者の役割なのだ。そうした義務を果たさず……例えば金貨1枚で死地に人々を赴かせることほど、罪なことはないだろう。ふむ、後日王国の方を俺の裁量で裁いても良いのかもしれない。

とにかく、ちゃんと人の社会と経済を理解していれば、こうして本当に救わなければならない人々に恵みを与えることができるということだ。

「さすが旦那様なのじゃ……」

「お前、本当にあの噂の無能賢者なのか……？」

コレットは尊敬の目を俺に向ける。対して、ギルド長は何と俺が本当に噂の（悪い噂だろうが）勇者パーティーを追放になったアリアケか自信がなくなってしまったようだ。やれやれ……。だが、こうして実際の行動で人々の目を開かせ、正しい道を歩みなおさせることもまた、俺のような者の役割ではあろう。

そして、

「くそ！　くそ！　やってやる！　どうせ逃げ場なんかねえんだ！　なら、アリアケさんの奮発にのっかるしかねえだろうよ！」

「ああ!!　そ、それにここは俺の生まれ育った町なんだ。魔物なんかに蹂躙されてたまるかよ」

「ああ、やってやろうぜ。そして家族の元に帰るんだ！　大金を持ってな。ちくしょう、行くぞ、お前ら！」

うおおおおおおおおおおおおお、と鬨の声が上がった。

そして、自分の得物を持って出陣していく。

それはギルド長も同じだ。巨大なハンマーアックスを持って、扉から出て行こうとする。出ようとする寸前にちらりとこちらを向いた。

「ふん、礼は言っておいてやる。どちらにせよ、俺たちゃ戦うしかねえんだ。けど、アンタの大盤振る舞いがなけりゃ、前線に立つことすらできなかったろうぜ。戦わない内にこの町は終わってた。だが、今はほんの1％程度でも可能性はある。戦うなら一縷の望みはある。ふん、王国のはした金で命がかけられるわけねえよなあ。その点、アンタはちゃんとわきまえてくれた、ありがとうよ」

「なに、当たり前のことをしたまでだ」

「ふ、みんながアンタみたいに考えてくれりゃ、いいんだが。特に上の者たちなどはな……。爪の垢を煎じて飲ませたいものだ……。ではな、生きていたらまた会って、あんたの金で祝杯だ」

そう言って出て行ったのである。

「さすがにもうすっからかんなんだがなぁ……。パーティーを抜ける時に金だけは死守しておいてよかった」

「じゃが、勝てるのかの？　あやつらは？　それに旦那様ならチョチョイのチョイじゃろ？　一方であ奴らはただの冒険者の集まりじゃ。決して特別な者らの集まりではないぞ？」

コレットが疑問を口にした。

俺はふむ、と頷く。

「それが大事なんだ。救世主が来て自分たちを守ってくれる、という考え方に俺は反対なんだ。それは大きな目で見た時に良い結果を生まない。人類全体にとってな。だから、一般人たちが自分たちで戦い勝利しなければ意味はないと思う」

「なるほど。歴史的に見てもそうじゃ。さすが旦那様じゃ」

ただまあ、

「だが、英雄と一緒に戦う、というのは俺的には、彼らに許していいと思う。きっと一般人からすれば誉れでもあるだろう。さてそんなわけで、コレット、これを飲んだら出発しようじゃないか」

「出発って、どこにじゃ？」

俺はその質問に静かに微笑んだのである。


後に言われる『メディスンの町　最終防衛ライン攻防戦』は熾烈を極めた。

人間側の戦力は冒険者１００程度であるが、それに対してモンスターは１０００を超えていたのである。

メディスンの町の防備は簡単な堀と柵がある程度で、いわゆる城壁のようなものがあるわけではない。

最終防衛ラインを越えられれば、もはやモンスターの蹂躙を防ぐ術はなく、町は瞬く間に崩壊してしまうだろう。

ゆえに、前線は地獄であったと伝えられる。

「くそ！　もう左翼がもちそうにねえぞ！　あっちにゃネグル兄弟が守備を担当していたはずだ！

どうなってやがる！」

　司令塔であるギルド長が大声を上げた。

「だめです！　あちらのモンスターの攻撃が苛烈すぎて、すでに戦力の3割が損耗しています!!

なんとかギリギリ持ちこたえるのが精いっぱいです」

「そうか。何とかもたすように言ってくれ……くそ、つっても、余り長くはもたねえか……」

　全体の戦力も、すでに1割の損耗を出している。

　死者が出ていないのは、偶然ながら集まった冒険者の中に回復術士が多くいたのと、掃討戦用に回復アイテムが多く配備されていたからだ。だが、それは時間稼ぎ以上の意味は持たない。

「ギルド長！　大変です！」

「ええい、今度は何だ!?」

　伝令からの報告は凶報ばかりで、ギルド長はいい加減にしろと言いたくなった。

「右翼から援軍の要請です！　キャタピラー・ドラゴンが出現！　Aランク冒険者を最低3名は回して欲しいと……」

「飛ばねえドラゴンなんぞ、自分たちで何とかしろと伝えろ！　Aランク冒険者の予備戦力なんぞ、とうの昔に使い切ったわ！　それより正面もやべえんだよ！　数で押し切られるぞ!!」

　正面こそモンスターたちの大攻勢であった。ゴブリンやオークはもちろん、バジリスクやヒュドラまでいる。それを冒険者たちが死力を尽くして食い止めているのだ。

　それこそ、ぎりぎりの均衡の中で作り出した、奇跡的な防衛ラインだったと言えた。

だが、その奇跡も長続きしないことを人々は知る。

「あ、ああ、見てください。あれを」

「今度は何だ……って、ありゃ……なんてこった……」

ギルド長は絶句した。

そして、絶望とともに呟いた。冒険者たちも、その様子を見て唖然とした。戦闘中だというのに武器を落とす者たちすらいる。

ズシン……、ズシン……。

魔の森の方角から、ゆっくりと近づいて来る巨大な影が見えた。遠い、なのに足音は地響きのようにはっきりと、冒険者たちの耳朶をうった。

激しい戦闘の土煙で、最初ははっきりとその姿は見えない。


だが、その一歩が桁違いに大きいのだろう。みるみる近づいて来た。やがて、その威容を人類の前にさらけ出してみせたのである。

「キング・オーガ……だとう……」

それはオーガの王と言われる存在。Sランク冒険者を連れてこなければ太刀打ちできないほどの上級モンスターであった。魔大陸に渡らなければ遭遇しないはずのそいつは、間違いなく目の前にいた。この町の《死》そのものが顕在化したかのように。

「終わりだ……」

「こんなの勝てっこねえ……」

「くそ、すまない、妹よ。俺はここまでだ……」

絶望と諦観が冒険者たち全員の胸中を支配した。

動きを止める冒険者たち。その最前線で戦っていた女冒険者に一体のオークが襲い掛かろうとしていた。しかし、もはや絶望した女冒険者は剣を構える気力もない。

オークの腕が振り下ろされる。まるでスローモーションのように女には見えた。

女はすぐに来るであろう痛みや絶命の苦しみをぼんやりと待った。

しかし、それはなかなか来なかった。

いや、それどころか、

『ふぎいいいいいいいいいいいいいいいいいい!!』

オークが両腕を切断され、絶叫の悲鳴を上げていた。

女は我に返った。

「わ、私助かって……？　しかもオークをこれほど軽々とっ……!?」

「これくらい俺にとっては大したことではないさ。それに、俺の依頼なんだ。お前たちには勝利する責任がある」

男はそう言うと、フッと余裕のある様子で笑う。

「な、なんと誇り高い。エルフの民としてここに感謝を……」

女はエルフだったようだ。

よく見れば特徴である長耳が見える。

だが、そのエルフの窮地を救った男は、妙にかしこまった女の言葉に最後まで耳を貸すことなく、

「ぼーっとするな！　お前ら！」

そう高らかに言ったのだった。

そして、その声はなぜか冒険者たち全員に聞こえた。

「戦いはこれからだ！　コレットも一発見舞ってやれ！」

「かしこまり！　なのじゃ！」

そう言って、どこからどう見ても年端も行かぬ少女は大きく息を吸い込む。すると、特大の火弾をその口からはきだしてモンスターが集中する真ん中へと放ったのだ。

それは着弾して、周囲一帯のモンスターを焼き尽くす。

「呪いは完全に解けておるようじゃな！　やれそうじゃよ！」

少女は突然現れた男性に嬉しそうに笑いかけた。

それは最終防衛ライン攻防戦の第2幕を告げる大きな狼煙(のろし)となったのだ。

「あ、あんた……まさか助けに来てくれたのか!?」

駆けつけたギルド長のオシムが信じられないとばかりに言った。

「あれほど、あんたに失礼なことを言った俺たちのことを見捨てずに来てくれたってのか!?」

興奮しているようだ。ちょっと涙ぐんでいるようにも見えるが、男の泣き顔など気持ち悪いだけ

なので目をそらす。

それに、目的は別に助けに来たわけではない。

「ちゃんとお前たちが仕事をしているか監督しに来ただけだ」

俺は正直に答える。

だが、ギルド長は微笑むと、

「ふ、くくく。まさか照れ隠しとはな。どうやら、お前はずいぶんと世間の噂とは違う男のようじゃないか！」

「何を勝手に勘違いしているのやら。そんなことよりも、だ」

俺は彼我の戦力差を瞬時に確認する。

コレットの攻撃で大きなダメージを与えられたようだが、もちろん、それだけで甚大な戦力差を覆すことはできない。

「戦略レベルの差を戦術でひっくり返すことは難しい」

「分かっている。だが、ぎりぎりまで頑張ってみるさ」

「頑張りでは埋まらん。今回言う戦略レベルの差とは、単純に数の差だ。防備も碌にない拠点を10倍の敵から守るのは不可能だ」

「それは……」

ギルド長は悔しそうに唇をかむ。

「ゆえに、俺が補助スキルにて、お前たちの全ステータスを10倍程度に増幅する。そして敵の全ステータスを10分の1ほどに減少させる。これで彼我の戦力差は10：1でお前たちが圧倒できるはずだ」

「は？」

何だ、不服なのか？

「いや、まあ不服かもしれん。10：1の戦力比になるとはいえ、戦闘をすれば怪我をする冒険者も出るかもしれんしな。だが、そこまでは面倒を見切れんぞ」

俺の言葉にギルド長は、

「いや、そうではなくて、ステータス10倍？ そのうえ、敵のステータスを10分の1？ そ、そんなスキル使い見たこともも聞いたこともない!! だ、だが、こんな時に嘘を吐く意味はねえ。つまり本当ってことだ。だ、だが解せねえ。な、なら、あんたは一体どうして勇者パーティーをクビになんてなったんだ？ もしかして、勇者とやらは、周りの見えない、自分の力で成功したと思い込む、ただの馬鹿なのか？ お前のような奴を追放するだなんて!?」

「いや、そんなことはないはずだが……」

「いいや、旦那様！ わしもギルド長の説に賛成なのじゃ！ 幼馴染だからと言って、評価が甘すぎになっておるのじゃ！ 旦那様らしくもない不公平な甘々採点なのじゃ！」

「そんなことないだろう、ははは」

「だめだ、この男、幼馴染に対する評価が間違いなく甘すぎるっ……」

「普段は客観的で慧眼じゃのに、何で幼馴染にだけそれが機能しておらんのじゃ……」

「？」

俺は首を傾げる。

ともかく、今はそんなことを話している時ではない。モンスターたちも混乱から立ち直ろうとしている。

「それでは始めるぞ。《全体化スキル》を常時発動。まずは《ダメージ軽減》スキルを発動」

「おお、すごい……」

「皮膚がカチカチになったぞ！」

冒険者たちがざわつく。

「次に、《俊敏》スキル発動」

「す、すごい！　早すぎて、目が回りそうだがっ！」

「3つ目に、《回避補助》スキル」

「す、すごい！」

「4つ目に《回数制限付き無敵付与》」

「おお、まだあるのか。これなら！」

「5つ目に、《確率回避付与》」

「えーと、うん、まだあるんだな」

「6つ目に《ダメージ割合低減付与》」

「えっと……助かるな」

「7つ目に《毒・火傷・冷気・呪詛などなどまとめて耐性付与》」

「あの……」

「8つ目に《攻撃力アップ付与》」

「アリアケさん……？」

「9つ目に《攻撃割合アップ付与》」

「…………」

「10個目に《追加効果、毒付与》」

「11個目に《攻撃時状態回復付与》」

「12個目に《攻撃時体力回復付与》」

「13個目に《魔力耐性付与》」

「14個目に《魔力攻撃アップ付与》」

「15個目に《魔力攻撃割合アップ付与》」

「16個目に《時間経過による体力・魔力回復付与》」

「17個目に《即死無効付与》」

「18個目に《首の皮1枚を付与》」

「19個目に《クリティカル率アップ付与》」

「20個目に《クリティカル威力アップ付与》」

「えーっと、次は敵だな。えーい、面倒だ、高速詠唱！　今の逆を敵に付与する！　○×△■●○■！！！」

はい終わり。ふー、と大きく息を吐く。

と、なぜか隣ではギルド長だけでなく、他の冒険者たちも唖然としてこちらを見ていた。

そう言えば、スキル発動時も何か言っていたような気もするが……。

「どうしたんだ？」

「いや、どうしたもこうしたもねえ……。まじで驚いた……。それほどの高ＬＶスキルを使いこなした上に、普通３つ程度までと言われる重ねがけを20以上も……」

んん？

「そうか？　これくらい普通だろ？　勇者パーティーでは更に重ねがけをいつも当たり前にやってたし、別に感謝されたことなかったぞ？」

「「はあああ？」」

なぜか冒険者たちが驚きの声を上げた。

「じゃ、じゃあ何か。今まで勇者たちは、こんな補助スキルの恩恵を受けながら、ダンジョンを探索していたってわけか!?」

「そうだが……」

「何だよ、そんなの誰だってできるじゃねーか！」

「っていうか、全部アリアケさんのおかげだったんじゃねえの？」

「しかも感謝すらしないって。それって最悪じゃね？」

何やら、ざわついていた。

ああ、そうか。うっかりしていた。俺は反省する。

あれくらい俺にとってはいつものことだから、異常だということを忘れてしまっていたのだ。

やれやれ、凄いということに慣れてしまうのも考えものだな。もっと自分が凄いこと、異端であることを自覚せねば、周りを驚かせてしまう。

まあともかく。

「えーっと、雑談はもういいだろう？　ていうか、それどころじゃないよね。今、町が襲われてるからな」

「!?　し、失礼しました！」

何だか嫌に丁寧に返事をされてしまった。

まあ、いいか。

ともかく、

「行くぞ、みんな！　モンスターたちを駆逐するぞ！」

「はい、アリアケ様！　行くぞ、みんな！　アリアケ様の加護ぞある！」

「うおおおおおおおおおおおおおおおおおおおお」

再び大地が鳴動した。

……ところで、何で様付けなんだ？

「モンスターどもが駆逐されていきます！」

「ああ、アリアケ様のおかげだな！」

戦況は一変していた。

少しだけ補助スキルを使用しただけで、どういうわけか『様』付けをされてしまっているのは腑に落ちないが、とにかく劣勢だった状況は今やひっくりかえっている。

「行けるぞ！」

「ああ、アリアケ様の加護ぞある！　うおおおおおおおおおおおおおおお」

「恥ずかしいからアレやめてくれないかなぁ……」

「何を旦那様、本当のことではないか！」

コレットが嬉しそうに言う。

「別に大したことはしてないからなぁ」

支援スキルで支援しただけである。

「それが大したことをやっておるのじゃってのに、もう！　どんだけ自己評価低いんじゃよ!?」

まあ、相棒の肩を持つ気持ちも分からんでもない。それにしても大げさだなあ。

まあ、俺が異常に慣れすぎてしまっているだけなのかもしれんが。

とにかく、

「とりあえず、この戦い勝てそうだな」

「うむ！　最後はあのキング・オーガだけじゃ」

「あれは、強いな。しかし、不思議だ。どうして魔の森の初期段階《凶荒》であれほどのモンスターが誕生したんだ？　どう考えても第2段階の《宿種》かそれ以上の《裂花》までいっているように見える」

俺は首を傾げた。

「それでどうするのじゃ、旦那様。あれはさすがに手に余ると思うが」

俺はため息を吐く。

「というか、戦いたいんだろ？」

「ぬお!?　なんでバレたのじゃ!?」

分かりやすい奴だ。

あまり手を貸すのは、人々自身のためにならないと思う。

……だが、心情的には助けてやりたい。そして何より、俺は神に近しい男ではあるが、神そのものではなかった。ならばまあ、

「好きにさせてもらおう。元勇者パーティーの一員として、歴史を草葉の陰で見守るつもりではあるが、俺もまだまだ未熟だな」

「さすが旦那様なのじゃ！　それにそれは未熟とは言わぬのじゃ！」

コレットは笑いながら、

「それこそ旦那様の《格》というものなのじゃ！　ドラゴンの末姫として認めようぞ！」

「キング・オーガには歯が立ちません！」

「くそ、あとはコイツだけだってのに!?」

「桁違いすぎる！　何なんだこいつは！」

冒険者たちが苦戦していた。無理もない。いかに俺の全ステータス向上の恩恵があったとしても、こいつはSランクと言っていいモンスター。

ならば、

「ここは俺に任せておけ」

「任せるのじゃ!!　人間どもよ！」

俺とコレットがキング・オーガと冒険者たちとの間に割って入った。

「ア、アリアケ様!?」

「た、助けてくれるんですか!?」

「別にそう言うわけではない。気まぐれだ。勘違いするんじゃないぞ？」

「わしもご主人様の気まぐれに付き合うだけじゃからな。そこんところ勘違いするでないぞ、人間どもよ」

「あ、ありがとうございます！　このご恩はっ……」

「さっさと行け！」

ピーチクと邪魔なので追い払った。

「まったく、俺は歴史の陰に隠れるつもりだというのに。目立つつもりなど毛頭ないのだが……。まあ、このモンスターを倒したらちゃんと隠居するとしよう。やれやれ」

「……いや、こんな活躍しておいて、それは絶対に無理なのではないのかのう」

「ん？　何だって？」

コレットが何か言ったようだが、その呟きは小さくて聞き取れなかった。

「！　来るぞ！」

『グオオオオオオオオオオオオオオオオオオオオオオオオオオオオオオオオオ』

キング・オーガの《威圧》スキルが発動された。

普通の冒険者ならばこれだけで立っていられない。風圧ものすごく吹っ飛ばされて気を失うのがオチだ。

しかし、

「やかましいことこのうえない」

「左様、その口、ちょっと閉じておるとよいぞ」

俺とコレットは同時にキング・オーガに肉薄する。俺は自分に《筋力強化》、《部位強化》、《部位破壊》、《攻撃力向上》、《クリティカル威力アップ》、《麻痺》、《回避不能》、《装甲貫通》のスキル付与を行ってから足払いをかけた。

すってんころりん、と20メートル以上の巨体が嘘のように転ぶ。

「嘘だろ……。キング・オーガがあんなに転ばされるなんて……」

「あれが、勇者パーティーを一人で支えて来たアリアケ様の力だってのか」

外野がまたもうるさいが、どうでもいい内容なので無視する。

『ぐおおおおおおおおおおおおおおおおおおん!?』

自分に何が起こったのか分からなかったのだろうキング・オーガは怒声のごとき大音声を上げるが、

「だから、その口閉じておれと、言ったじゃろ?」

ドラゴンの娘。俺が呪いを解いたことと、俺という神のごとき乗り手を得たことでステータスは通常のドラゴンを完全に凌駕している。そこに来て俺のスキル補助を重ねがけする。


「《オーガ必滅》」

「《モンスター必滅》」

「《攻撃力向上》」

「《クリティカル率向上》」

「《必中》」

「《回避不能》」

「《即死属性付与》」

「《決戦》付与」

ステータス向上スキルを重ねがけする。

「力がみなぎるのじゃ！」

「《決戦》付与は本来の力を一時的に取り戻し、更にパワーアップさせるスキル。つまりお前は一時的に神竜として神の力を行使できる！　全力で行け、コレット」

瞬間、幼い少女の姿が、数秒だけその真の姿を取り戻す。

ゲシュペント・ドラゴン。いいや今やゴッド・ゲシュペント・ドラゴン。

黄金竜とも呼ばれようその神竜は、天空に突如現れたように見えたろう。

「奇跡だ」

「これがアリアケ様の……本当の英雄の戦い……」

いや、別に俺の力じゃないから。ちょっと封印を解いただけだから。だが、そんな釈明をする暇もない。

『キング・オーガよ。我が竜騎士アリアケ・ミハマ、そしてコレット・デューブロイシスの名のもとに貴殿を断罪する』

『ぎゃおおおおおおおおおおおおおおおおおおおおおおおおお!?』

『死をもって、わしの前から消え失せよ。焔よ立て《ラス・ヒューリ》』

カッ!!

その青白い焔は地上より天空を貫く柱のようであった。まさに天の怒りがキング・オーガに与えられたような、神話のような光景に冒険者たちの目には映ったであろう。

キング・オーガは消滅する。跡形もなく、一瞬にして。

ついでに、ポン！　というコミカルな音を立てて、コレットも元の少女の姿に戻った。

張り切りすぎて、力のほとんどを使ってしまい、落下してくる彼女を受け止める。

「ご苦労様だったな」

「いやー、張り切りすぎて、全力全開してしまったのじゃ。じゃが、気持ちよかったわい！　かかか！」

まあ、実際はこんな会話をしていたりで、俺たち自身には何ら緊張感もないのであった。

とりあえずこうして、メディスンの町における最終防衛ライン攻防戦は、若干俺も手伝ったものの、彼らの努力によって勝利で幕を閉じたのである。

「アリアケ様、本当に行ってしまうってのかい？」

「そうだぜ、アリアケの旦那。もっといてくだせえ。あ、何なら宿代も全部持ちますぜ！」

「おお、そうだそうだ！　うちの町の名誉市民として、ずっといてもらうってのはどうだ、みんな！」

「賛成!!」

「勝手に決めるな！　まったく……」

はぁ、と俺はため息を吐いた。やれやれ、どうしてこうなった。俺ともあろうものに頭痛を覚えさせるとは、この冒険者ども侮れん……。キング・オーガの方がよほど簡単だった。

魔の森との戦い。

あのモンスターたちとの戦いから1週間が経過した。

戦闘に勝利した町、しばしその勝利の美酒に酔いしれたが、今は落ち着きを取り戻しつつある。

本来であれば、俺は戦いの後にすぐに出発するつもりだったのだ。

しかし、住民たちがそれを許してはくれなかった。

「まあまあ、アリアケ様！　いい店があるんです。どうかおごらせてください！　冒険者の連中が一緒に飲みたいってうるさいんですよ」

えーと、また今度。

「この町が無事なのもアリアケ殿のおかげです。ところでうちの娘を紹介したいのですが、どうですか？　今晩にでもうちにいらっしゃるというのは？」

　ちょっと予定があるので遠慮しておきます。

「おや、英雄アリアケ様ではないですか。少し戦いについて教えを請いたいのですが、弟子にしてもらっていいですか？」

　よくないし、募集してません。

　こんな感じである。まったく断るだけで大変だ……。

　だが、さすがに旅の予定を遅らせるのもそろそろ終わりにしたいと思った。

「ちょっと目立ちすぎてしまったな。ついつい助けてしまった。まだまだ俺も甘い」

「困っている者をなんだかんだで見捨てられぬのじゃな、旦那様は」

「そんなわけないだろう。俺の力がなくても、人間たちがうまくやっていけるように、俺は極力手を出さないようにすべきなんだ」

「能力があるとそういった歴史的な視点でものを考えなければならぬから、旦那様の苦労は余人には理解しがたいからのう」

　コレットの発言通り、俺は普通には生きられないというジレンマを常に抱えているのであった。神にはバックアップに徹しろと言われたしな。

「何はともあれ、出発する。世話になったな、ギルド長」

「水臭いことを言わないでください、アリアケ様」

　ギルド長のオシムは俺に握手を求めてくる。

やれやれ。

俺はあきらめて握手をした。

「当然の話かもしれませんが、ライセンス剝奪については撤回致します。本当に失礼しました。それと、こんなふざけた指示をしてきた王国には、全ギルド連合をあげて抗議文を送っておきますのでご安心ください。また冒険者ギルドの本部にも、今回のアリアケ様の功績については広く喧伝しておりますので合わせてご安心してください」

「余計なことをするなっ!?」

俺は思わず抗議した。……それに活躍を伝えるって言っても、信じないやつも多いだろうに。

「ライセンス剝奪の撤回の撤回を要請する！」

「ライセンス剝奪の撤回の撤回を拒否します！」

「くそったれめが！」

静かに目立たず暮らしたいだけだというのに！

「いい加減諦めてはどうかのう」

コレットが呆れた様子で言った。

「それではアリアケ様、コレット様。お元気で。もしまた寄られることがありましたら、顔を出してください。ああ、そうそう。次の行き先としてもし『オルデンの街』に寄られるようでしたら、こちらの書状をミハイルという男にお見せください。宿を手配してくれるはずです。そして、この馬車は我々からのせめてものお礼です、お使いください」

俺はその封書を受け取る。

そして、用意されていた立派な馬車を見上げた。

確かに、馬車はありがたい。急ぐ旅ではないので徒歩でも構わないのだが、それでも、彼らが俺に何か恩返しをしたいという気持ちを受け取るのも、尊敬を受ける人間の責任だと思った。

「ありがたく使わせてもらおう。では、今度こそ出発する。ではな、お前たち。達者で暮らすといい」

「はい。アリアケ様たちにシングレッタ神のご加護があらんことを」

俺とコレットは馬車を出発させる。

俺たちを見送る冒険者たちは、こちらの姿が見えなくなるまで深々とお辞儀をしていた。


「次はどこに向かうのじゃ、わしの旦那様？」

馬車の御者台でコレットが聞いて来た。

「そうだな。ギルド長の言っていた『オルデンの街』を経由するのもいいかもしれない。ただ……」

「何か問題があるのか？」

「ああ、オルデンに行くなら、次の街道を南に進むことになる。その途中に『肥沃の大森林』というところがあるので、そこを通ることになるんだが……」

「それが問題なのかの？」

「まあ、そうだな。そこはエルフが住む森でな。彼らは先代勇者との盟約によって、『肥沃の大森林』の通行を人間たちに許した。だから、勇者パーティーを追放された俺のことを、心よくは思わないだろう。場合によっては通行を拒否、悪ければひと悶着起こるかもしれない」

「なるほどのう」

「まあ、心配しすぎかもしれんがな。それに、まあその時はその時だ。急ぐ旅ではない。コレットさえ良ければ『肥沃の大森林』を抜け、オルデンの町に向かうとしよう」

「わしに異存などあるはずがない。旦那様の行くところが、わしの行きたいところじゃて！」

ニコリと笑って、コレットが言った。そして、頬を染めて、なぜかもたれかかって来る。疲れたのだろうか？

ともかく、こうして、俺たちの次の目的地が決まったのである。

馬車はゆっくりと進んでいく。空は青く、風は穏やかであった。

何だか、つい先日まで勇者パーティーで冒険の準備に奔走して来たのが嘘のようである。

彼らはうまくやっているだろうか。いや、疑うべくもないか。俺から巣立った彼らだ、きっとうまくやっているだろう。

そんな穏やかな気持ちで、かつての勇者パーティーの未来を確信したのである。

～閑話　一方その頃、勇者ビビアたちは～

「ちくしょう！　王国のやつらふざけやがって！　なにがペナルティだ！　俺の今までの王国への貢献を忘れたか！　恩をあだで返しやがって！」

バリン！

俺の投げた花瓶が壁にぶつかって割れた。

「ちょ、ちょっとビビア落ち着いて」

「そ、そうだぞ、ビビア。仮にも勇者とあろうものが短気を起こしては……」

「うるせえよ！　誰のせいでこうなったと思ってやがる！」

「だ、だってそ、それは……」

デリアが何か言いたげな瞳でこちらを見て来た。

くそ、今まで従順だったくせに、何だその目は！　まるで俺のせいだとでも言うかのようで気に入らない。

「でも確かに、かなり重いペナルティでしたね。まさか聖剣を没収されるなんて。勇者パーティーの証明書を剝奪されたようなものです。それに、私たちの能力に疑問符がついたのでしょう。聖剣の返却の条件がランクＤクエストの任務達成とは……」

聖女アリシアが言った。

　この女はどうやったのか、プララを逃がした後、驚くべきことに生還したのである。だが、はた目には大丈夫そうだが、実はその体はボロボロで、しばらく戦闘は無理との申告があった。

「戦いの途中、運よく落とし穴のトラップに引っかかって、逃げることに成功したのですが……。しばらくは休養が必要です」

　などと言っていた。

　と、そこに、

「当然かもね。仲間を見捨てて逃げるような勇者パーティーに聖剣がふさわしいはずがない……」

　ぽつりとした声が響いた。それはベッドに横たわるプララであった。

　プララはフェンリルから逃げてダンジョンの入り口へたどり着くまで、やはり何度もモンスターに襲われ、命からがら逃げ帰って来たのだ。そのことは彼女のトラウマとなっている。

「ふざけんな！　プララ！　どの口が言ってやがる！　今回のクエストの失敗は、元はと言えば全部お前のせいなんだからなっ！　お前が光魔法さえちゃんと使えればこんなことにはならなかったんだ！」

「!?　そ、そんな……ひどすぎるよ。あたし一生懸命やってたのに……。しかも見捨てたうえに、全部あたしのせいだなんて……うう」

「うるせえぞ、それ以上口を開いたらまじでクビだからな。勇者パーティーをクビになったら、変な噂が立つ。だから他に行くところなんかねえんだよ、てめえには。……はぁ、んなことより、失敗の教訓から学ぶ方が大事だろうが。今回は要するにアリアケのやっていた役割……あー、ナビゲート……ポーターだっけか。要するにその雑務担当がいなかったのが原因だな。なら、その代わりを募集すりゃいいだけだ。んで、エルガー、指示しといたが、ちゃんといい人材は募集できたのかよ。ま、勇者パーティーに参加したい人間なんて幾らでもいるだろうけどな」

俺は鬱陶しくなった時間をさっさと終わらせたくて、プララのことは無視して次の話題に話を進めた。

「ああ、とりあえず1人選んでおいた。応募者の中でも一番優秀だったんでな」

「たかだか雑務に優秀も何もあるかよ」

俺は馬鹿にした様子で言う。

『バシュータ』という名前のポーター職の男のようだ。

これでアリアケの代わりになるだろう。

「代わりのポーターさえ入れれば、今まで通りの成果が出せる。ふん、そのDランクのクエストをさっさと突破して、国王に泣いて土下座させてやる！　ははは、はははははははは！」

「え、ええ。そうね、ビビア！　前回はちょっといつもと調子が違っただけですわ！」

「うむ、そうだな。今度こそは大丈夫だ。何せ俺たちは幼馴染。心の通じ合ったパーティーなんだから」

俺たち3人は調子を取り戻したかのように、明るく笑い合った。

「…………」

だが、プララが俺たちの様子をどこか冷めた目で見ていた。

その視線の雰囲気を俺たちも何となく感じて、明るい雰囲気は徐々に消え、どこか重苦しい感じになる。

誰も何も言わず、誰かが微かに立てる物音だけが静かに響いた。

と、聖女が口を開いた。

「では、私はこれで失礼します。申し訳ありませんが体調のこともありますので、しばらくパーティーを抜けさせてもらいます」

「あ、ああ、そうだったな。気を付けて。そうだ、体調が戻ったら連絡してく……」

俺の言葉を最後まで聞こうともせず、アリシアが姿を消した。それはまるで俺のことなど眼中にないとでも言うかのように……。

「では失礼します」

くそ！

俺は内心で悪態を吐いた。

なんでこんなことになったのだろう。アリアケなんていう役立たずを放逐しただけなのに。

（いや、その代わりは入ったんだ。次で挽回できる。それで聖女や国王、他の民衆共にもう一度俺がいかに優れた勇者かを証明するんだ）

俺は再びあの人々に称賛される日々が訪れることを期待して、胸を躍らせるのだった。

～アリシア視点～

「んふ」

勇者たちから遠く離れて、私は思わず微笑みを浮かべた。

「んふふふふふふふふふふふふふふふふふ」

おっと、いけない、いけない。聖女なのにはしたない声を上げてしまいました。

「こほん」

と一つ咳払いをします。

でも、しょうがないのです。だってだって、
ほんの数日離れていただけなのに、既に『アリアケさん成分』が切れています。

「待っててくださいね、アリアケさん」

「今からアリシアがそちらに参りますからね～♡」

同じ空の下にいるであろうアリアケさんのことを思い浮かべながら、私はウキウキと旅支度をはじめたのでした。

思わず鼻歌など歌ってしまいながら。

3・5、アリシア・ルンデブルクの修行風景

さて、旅立った私（と従僕のフェンリルさん）ですが、日々の修行を欠かすわけにはいきません。

再会した時にちゃんとアリアケさんに認めてもらえる実力を維持しなくてはっ……！

「はあああああああああああああああ!!」

ドッゴオオオオオオオオオオオオオオオオオオオオオン!!

というわけで取り急ぎ、大地を割ります。

ふうむ、今日は20メートルでしょうか。

「まだまだですね」

アリアケさんの背中を守るパートナーになるためにも、もっと強くならなくてはなりませんね！

「ほんま、なんなん？　この大聖女」

なぜかフェンリルさんが呆れていました。

ともかく、こうしてアリアケさんと再会するための旅の道中でも、決して鍛錬を欠かさない私、聖女アリシアさんなのでした。

再会する頃にはもっと頼りになる存在（パートナー）になってますからね～。

4、エルフ族を滅亡の危機から救う話

「旦那様、ここがエルフの住むという『肥沃の大森林』なのじゃな。広大な森じゃのう」

竜の末姫コレットが楽しそうに言った。

俺は頷く。

俺たちはオルデンに行くため『肥沃の大森林』を通過しているところだった。

「このまま勇者パーティーを追放された俺を、エルフたちが放っておいてくれればいいがな。彼らはかつて先代勇者と盟約を結び、この道を人間に開放した。だから勇者パーティーを追放された俺をすんなりと通してくれるかは微妙なところだ」

俺はそう呟きつつ、

「何もなくても、森を抜けるまでに1週間はかかるだろうな。……それにしても、思ったよりも魔素が強いな……。あまり魔素がたまると様々なものを呼び寄せるが……管理はされていないのか？」

「エルフが多数住んでおるのじゃから、森は大切に管理されておるのではないのか？」

コレットがもっともな疑問を口にするが、

「大切にする、というのにも考え方が色々あるさ。例えば、間違った過去の知識をそのまま頑なに踏襲するというのも、ある意味『伝統を大切にする』という風に言えたりするからなぁ」

「やはり旦那様の言葉には含蓄があるのう！　勉強になるわい！」

「相変わらず大げさだな」

「なんと!?　わし的にはだいぶ抑え目にしておるから許すのじゃ！」

と、そんな世間話をしながら馬車を走らせていた、その時である。

「そこの人間、止まれ！」

高圧的な声が森に響いた。

まさに検問といった風にエルフが複数名、道をふさぐようにして立っている。

（やはり来たか）

思った以上にピリピリとした雰囲気を感じる。

（それにしても、こいつらひどく憔悴しているな？）

エルフたちはひどく疲弊している様子であった。目には隈ができ、立っているだけでフラフラといった風に。俺が通るだけではなく、他にも何かあったのかもしれない。

「どうかしたのか？」

俺は御者台から、彼らを見下ろして言う。

長耳族と言われる彼らは、その名の通りとがった耳を持ち、また非常に美しい容姿をしていることで有名だ。

ただ、頭が固いのとプライドが高すぎるきらいがあるため、あまり他種族から好かれてはいない。

一方で、俺は彼らが世界に必要な人種だと判断していた。

森で生きる彼らの存在がなければ、自然と人間界のバランスは崩れるだろう。そういう意味で、世界を見渡す俺のような上位の存在としては、エルフの存在価値を認めているのである。

俺レベルの人間になると好き嫌いといった個人の好悪とは、一線を画した考え方にならざるを得ないのだ。

「お前は、アリアケ・ミハマ。間違いないな！」

怒声で誰何される。

「ああ、そうだが？」

俺は素直にうなずいた。

すると、

「大人しくしろ！　この汚らわしい人間め！　お前のような災いの原因を通すわけにはいかぬ！いいや、ここで捕縛する。これはエルフ族全員の意志だ！」

そう叫ぶと、周りのエルフたちも一斉にこちらに弓矢を向けた。

その目はまるでゴミを見るようだ。

「旦那様、こいつらわしの旦那様に弓を引こうとしておるのじゃ。じゃから、愛の炎で焼き払って良いかの？」

「すぐに毎回焼き払おうとするな」

それになんだ愛の炎って。

とにかく「待て待て」と竜の姫を止めた。

いきなり弓を向けてくる蛮族めいた者たちだが、彼ら一般人が愚かなのは今に始まったことではないのだ。

愚か者は焼くのではなく、愚かゆえに導いてやらなくてはならない。学ぶ機会を与えねばならない。

「何をごちゃごちゃと言っている」

数人が一斉に御者台より引きずり下ろそうとしてくるが。

「やれやれ」

「なにっ!?」「な、なんて力だ!」「くそ、本当にこれが追放された無能者の力なのかっ」

俺が《腕力増強》をして腕を振るい、その風圧で全員が吹っ飛んでしりもちをつき、泥だらけになった。

何をこれくらいで驚いているのやら。実力差は歴然だ。だがそれを見抜けないのもまた、彼らがただの無害な一般人である証か。

俺は咳払いするとエルフたちに言う。

「お前たちが何に怒っているのか、分からんが、少しは事情を説明してみてはどうだ？　エルフは蛮族ではなかったように記憶しているがどうだ？　そうではないなら、弁明の機会を与えてやるから、少しは知能ある生き物らしく、事情を説明してみろ」

俺はそう言って彼らに釈明の機会を与えようとした。

しかし、

「おのれ～」

恨みのこもった声を上げると、

「何が弁明だ！　この勇者パーティーを追放された『災厄の種』め！　貴様のせいで我が森は原因不明の《枯死》が発生しているのだぞ！」

「うむ！　勇者パーティーに災いをもたらしたことが、盟約関係にある我々へ影響をもたらしたのだ！」

そうだ、そうだ！　と更に激高した。

一方の俺は冷静に彼らの言葉をまとめる。

《枯死》か。

なるほど要するに、

『『肥沃の大森林』の木々が枯れ始めているわけか……。だとすれば、森の結界も弱まりモンスターも現れ始めているかもしれんな。そして、その原因は勇者パーティーを追放された俺にあるのではないか、と。そういうわけか」

「どうして勇者パーティーを追放された旦那様が原因になるのじゃ？」

「先代との盟約に、勇者はこの森を庇護することをうたっているんだ。つまり、勇者パーティーを追放された俺は、勇者パーティーの力を弱め、ひいてはこの森に災いをもたらした、ということだろう」

「古い伝統を『大切』にしておるんじゃなあ。先代の話なんじゃろ、それって……」

呆れたような、皮肉をこめたコレットの言葉に、俺は「そうだなぁ」と頷いた。

「……負けぬ。絶対にお前たちを拘束する！　このような災厄をもたらした大罪、どのように裁くかは我らがエルフの長が決めるのだ！　一族の命運をかけて！」

そう言って、エルフたちは天高く両手をかかげると、

『風王結界!!　奴らを捕らえよ！』

実力行使をしてきた。

「風の精霊の力を用いたエルフの最強結界術だ！　触れば死ぬぞ！　どうだ、自分の状況が分かったならば大人しくしろぉ！」

そう叫ぶ。

一方の俺は「困ったなあ」と俺は頭をかく。

蹴散らすことは簡単だ。ただ、下手に結界を破ってしまえば、こいつらの命が危ないだろう。

こいつらの命をどうするか、それが非常に悩ましいのだ。

だが、

「うーん、やっぱりわしの命より大事な旦那様に仇なそうとする存在は、誰であろうと許してはおけぬなぁ」

コレットの口からきしゃーと炎が漏れていた。

「いや、ちょっと待てコレット……。愚かな一般人をどう救ってやるかも、俺たちのような上位者には大切なことでだなっ……」

俺がそう言ってコレットを止めようとした時である。

「お、お待ちください！　大賢者アリアケ様！　コレット様！」

そう言いながら、ずざざっと、俺たちとエルフの間に割り込んで来たのは、やはりエルフの一人の少女であった。

見た目の歳は15～16くらいだろうか。

美しい金色の髪を長く伸ばした、どこか儚い雰囲気のする少女である。

ただ、どこか気品があった。

土下座をしながら、こちらに顔を上げて訴えた。

「同胞の無礼、お許しください。この者たちは古い伝統に縛られた哀れな者たち。なにとぞご慈悲を頂きたく」

そう言って改めて頭を下げたのである。

「なっ!?　セラ姫！　何ということをおっしゃるのです！」

「そうですぞ！　それに、なぜこんな痴れ者に頭を下げるなど！」

「言葉を慎みなさい。今、大賢者様とコレット様が少し力を出せば、あなたがたは結界の反作用で消滅……もしくは消し炭になっていましたよ。力の差は歴然なのです。そんなことも分からないのですか！」

そう言ってセラ姫と呼ばれた少女は同胞のエルフたちを叱責する。

「その通りだ。そのセラ姫という少女に救われたな、お前たち」

俺も淡々と事実を告げた。

その言葉に、改めて少女は頷くと、

「本当にありがとうございます。同胞を救ってくださって。アリアケ様の寛容さによって、彼らは救われました」

そう言ってもう一度頭を下げたのである。

だが、エルフたちは納得がいかないようだ。

「ば、馬鹿な！　勇者パーティーを追放された役立たずの男にそのような力があるわけがっ……」

「……大賢者様とコレット様はメディスンの町を1000のモンスターより救った英雄なのです」

セラはそう言うと、なぜかウットリとした表情になった。

？

噂を聞いただけにしては、妙な反応のような気がするが……。

「メ、メディスンを？　ふ、ふん、我ら誇り高きエルフ族は外界のことなど知る必要などないのです！　この森が我らの故郷。そして最大の防衛拠点なのです！　それにその話はどうせ嘘でありましょう！　1000などと!!　セラ姫は夢でも見られたのでは!?」

「夢などではありません。だって、私がメディスンの町であわやオークに殺されそうになっていた時、大賢者アリアケ様が助けてくださったのですから。ああ、その後の冒険者を率いての益荒男ぶり。片時も目を離せませんでした。あれぞまさしく、英雄としての戦いというものでしょう」

そう言うと改めて熱い吐息を漏らした。

（って、あの時の女冒険者か!?）

恰好もずいぶん違うので全然分からなかった。

しかし、エルフなのに人間の町で冒険者とは……。とんでもないお転婆だな。


「まぁ、ともかく」

セラと名乗った少女は軽く目をつむる。

頭が痛いとばかりに。

「この場は私に任せなさい。これはエルフ長の妹として、あなたたちの姫としての言葉です」

「む、しかし我らはエルフ長の指示で……」

「いいから去りなさい！　まったく愚かな……。ともかく、大丈夫なように取り計らいます。兄には私から話をしますので、あなたたちが咎められることはありません。これ以上アリアケ様に無様なエルフの状況を見せないでください」

「ぐぐ……………そこまでセラ様がおっしゃるのでしたら……。ですが、きっと後悔なされますぞ！」

言い捨てて、検問のエルフたちは去って行った。

「はぁ……」

セラはもう一度ため息を吐いてから、こちらに向き直る。

そして改めて深く頭を下げ、

「大賢者アリアケ様。お礼が遅れまして申し訳ありません。あの町で救われたことは昨日のことのように覚えております。真の英雄様にもう一度再会できて本当に嬉しく思います。あの時は誠にありがとうございました」

「何、俺にとっては大したことではないさ」

俺は軽く肩をすくめる。

そんな俺の様子を見て、彼女は決意したように言った。

「アリアケ様……。やはりあなたをおいて他にはおりません。大変身勝手なお願いですが、どうか私たちエルフ族を滅亡よりお助けください」

彼女はそう言って、大きな瞳から一筋涙をこぼした。

「この『肥沃の大森林』を癒し、エルフ族をお救いください。エルフの姫として正式にお願い申し上げます。頼れるのはこの世界で最も偉大な大賢者たるアリアケ様しかいないのです」

「このたびは同胞が申し訳ありませんでした」

俺たちをこっそりと自宅に招いたセラ……エルフ族のお姫様は、改めて俺たちに謝罪の言葉を口にした。

「別に気にしてはいないさ。コレットもこの通り」

「うむうむ、苦しゅうないぞ！　わしはいいから旦那様へしっかり詫びをするのじゃ！　うまうま！　それにしてもエルフというのは高慢な者が多いと聞いたが、そうでもないのじゃなぁ」

コレットはセラから出された手料理に舌鼓をうってご機嫌だ。

俺は肩をすくめ、

「エルフ族というのは普通プライドが高いので、人間に対して頭を下げることは滅多にない」

だから、こうして『エルフの謝罪』を受ける、というのは本当に特別なことだ。

「私のことよりも、アリアケ様ほどの方がコレほど寛容なことに驚きましたよ。……ぜひ私のことはセラと呼び捨てにしてください」

どこか嬉しそうにセラは笑った。

「ま、それはともかく、事情を聞かせてもらおう。助けるか助けないかは、その後だ」

「ごもっともです」

彼女は居住まいを正すと話し出した。

「実は1年ほど前からこの森に異変が起き始めました。お聞きになられたかと思いますが、我らの故郷たる『肥沃の大森林』の木々が枯死し始めたのです」

「その原因は？」

「よく分かりません」

セラは首を振った。

「兄がエルフ長になったのが10年ほど前。別段、おかしいことをしているわけでもないのに、ここ最近になって森に異変が起こり始めました。いえ、むしろ兄がエルフ長になってから、木々は一時とても活力があったくらいなのですが」

「ほう」

俺は顎に手を当てた。

「しかし……今となっては、木々は枯死し、結果結界が弱まり、モンスターが出現し始めた。兄は焦り、その原因を色々と考えたのでしょう」

「結果、俺というわけか？」

「じゃが、旦那様が追放された時期はほんの数週間前らしいぞ？　枯死し始めた1年前とは時期が合わぬのではないかの？」

「アリアケ様が勇者パーティーに加入していたこと自体が、災厄の原因だったと兄は言っています」

「なわけないじゃろ。愚かじゃなあ」

「ええ、はい。我が兄のこととはいえ、お恥ずかしい限りです。エルフの恥でございます」

セラは眉根を寄せる。

「メディスンの町でのご活躍を知る私からすれば、福音こそもたらせどすれ、災厄をもたらすなどありえません。反対にアリアケ様ほどの方を追放などと、勇者パーティーは何をしているのか、と憤っている次第です。というか、人を見る目がなさすぎます！」

「また大げさなことを……」

「大げさではないのじゃ！　うむうむ、セラよ！　そなた、なかなか見どころがあるの！　じゃが、旦那様はやらんぞ！　旦那様はわしの旦那様じゃからの！」

「ま、まあ。そんな。私なぞとてもつり合いません……」

そう言って、なぜかセラが頬をピンクに染めて、ちらちらと俺の方を見た。

途中から話がよく分からなかったが、

「話は分かった。だが、実物を見ないことには判断もつかないな」

「！　それでは……！」

「エルフ族を救うかどうか、判断はまだだ。ともかく森へ入らせてもら……」

そう言いかけた時であった。

「その必要はない！」

バン！

扉を開き、数人の男たちが押し入って来た。手には弓や槍を持っている。

その中心にいたのは、

「ヘイズお兄様……」

「セラよ。これはどういうことだ！　災厄の種を里へ呼び込むとは！」

あれがエルフ長。

今回の事態を引き起こした張本人か。

「アリアケ様が災厄の種などとは失礼千万です。謝罪してください、お兄様！」

「たわけめ。誰が人間に謝罪などするか。勇者パーティーを追放になった男などに籠絡されおって。

いや、何か魔術でも使われたか。ええい、もういい。近衛兵！」

「はっ！」

「3人を『封印牢』へ閉じ込めよ！　あそこならば、並大抵の魔力波動は封じ込められる。セラはしばらくそこで頭を冷やせ！　そして、アリアケとその仲間はそこへ永遠に幽閉する！　そうすれば災厄もおさまろう！」

「お兄様！　なんて愚かな！　アリアケ様こそがエルフ族を救う存在だということが、どうして分からないのですか!?　外に目を見開けば、こんなことは誰にでも分かることです！　アリアケ様がいかに優れた方かなどっ……。むしろ他の勇者パーティーの方々が愚か者であることなど自明の理ですっ……！」

「ええい、黙れ黙れ！」

セラの叫びもむなしく、彼女はすぐに捕らえられてしまう。

「よし、アリアケ一味も捕らえよ。念のため私と連携して《大風王結界》を使え」

「はっ！」

近衛兵たちが先ほどとは比べ物にならない強靱な結界術を発動する。

風の結界でも最上位のものだ。

触れれば普通ならば死んでしまうほどの代物。

彼らが本気で俺たちを捕らえようとしていることが伝わって来た。

「これくらい大したことないだろう？」

「そうじゃな。触ってみるとしよう。この程度の結界恐れる必要などないわい」

「馬鹿が!!　触れれば死ぬぞ!」

ヘイズが声を上げる。

だが、
バン!

結界に触った途端、俺とコレットの体がはじけ飛んだ。

それと同時に、結界もその役割を終えて終息する。

「そ、そんな…………。アリアケ様…………」

「…………愚かな男だ。殺すつもりはなかったのだが」

セラとヘイズの沈痛な声が響いた。

しかし、

「誰が愚かだ、誰が」

「そうじゃ、そうじゃ!」

「なっ!?　何がどうなって……!?」

ヘイズが目を見開いて驚く。

そこには無論、五体満足の俺とコレットが立っていたのだから。

「スキル《デコイ》に身代わりになってもらっただけだ。俺たちは《気配遮断》で隠れていただけだ」

そう言って、ゆっくりと歩き出す。

「に、逃がすな！」

「は、ははっ！　大人しくしっ……」

「実力差も読めんのか、お前らは？」

ドン！　と俺にまとわりつこうとした兵たちが、軒並み吹き飛ばされた。

「なっ!?　こ、これほどの差がっ……！　た、たかが勇者パーティーを追放された役立たずポーターのはずなのに！」

その言葉にセラは口を開く。

「メディスンの町を救った英雄なのですよ！　お兄様！　もっと外に目を向けてください！　もはや森の中だけで完結できる時代ではないのです！　その方は本当の大賢者様です！　きっとこの世界をお救いになる歴史的な人物に間違いないのですよ！」

「いや、そんな大それたものではないからな。そこは訂正しておく。そういう役割は頼むから引退させてくれ……」

「訂正を訂正するのじゃ！　旦那様こそゲシュペント・ドラゴンの末姫たるこのわしコレットの唯一の乗り手なのじゃから！　もっと世界に羽ばたいてもらわぬとなぁ！」

「は？　ゲシュペント・ドラゴンとその竜騎士だと？　それではまるで神話のようではないか」

「あー、もう、話がそれまくっているぞ、お前ら。と・に・か・く・っ！」

俺は話の流れを断ち切るように言った。

「ヘイズとしても俺が封印牢に行くことは歓迎なのだろう。ならば、俺は封印牢に行くとしよう」

「なっ!?　それはどういう……」

「そうすれば、お前も見極めがつくだろう。何が《枯死》の原因なのか、な。エルフのリーダーはお前なんだ。せいぜいしっかりと見極めよ」

俺の言葉にヘイズは目を剝いた。

それは、俺という男が、どれだけ広い視野で物事を見ているのか、思い知ったという風な顔であった。

「お、お前は……。お前は本当にアリアケ・ミハマなのか。追放された、無能と言われた、あの噂の……」

「どんな噂か知らんが……。その噂は一体誰の口から聞いたことなんだ？　そして、目の前で一体何が起こっているんだ？　ここは里の外ではないぞ？　お前が重視している、里の中でまさに起こっていることなのだぞ？」

「!?」

「今まさにエルフ族が、俺という存在に試されていることを理解することだ」

俺はそう言い残して、封印牢へ案内するように兵たちに命じる。

彼らは立ちすくむヘイズの顔色を窺いながらも、とにかく俺の言葉に従い、封印牢へと案内したのであった。

封印牢というのは魔法的な牢屋であり、宙に浮く白く大きい卵型の球体である。

その中に入れれば、中からの魔術はきかず、また人から漏れる魔力なども外部へ届かないと言われている。

すなわち存在を封印する牢屋、ということだ。

「封印牢は中からは物理は無効化し、魔術は全て弾く無限監獄です。外からしか開けることはできません。このようなことになってしまい、アリアケ様にはなんとお詫びしていいのか」

セラが少し涙ぐんだ。

「このセラができることでしたら、お詫びになんでも致します。ア、アリアケ様が一生ここに捕えられるなら、そ、その私は精一杯、アリアケ様に全身全霊のご奉仕を……」

「いや、これくらいなら、すぐにでも出られるが……」

涙ぐんでいるセラには申し訳ないが、俺は素直に言う。

「…………え？」

「一番単純な方法は、魔力反射を《反転》させて《魔力吸収》へと転化させることかな。そうすれば、もともと吸収余力などないだろうから、すぐにキャパオーバーで自己崩壊するだろう」

淡々と告げた。

一瞬、間が空いた後、

「えええええええええええ!?」

「さっすが旦那様なのじゃ！」

セラは驚愕したあと顔を真っ赤にし、コレットははしゃいでいた。

「は、《反転》スキルなどというスキルが存在するのですか？　き、聞いたことがない、すごいスキルではないですか！」

「そう言えば聞いたことないな～」

全てのスキルが使えると、何がレアかどうかなどどうでも良くなるのだ。

「規格外すぎますね……、アリアケ様は」

「そうじゃろ、そうじゃろ♪」

なぜかコレットが満足げにうなずいていた。

だが、一転して眉根を寄せると、

「それにしてもセラは油断も隙もないのじゃ……。ここぞとばかりに旦那様を寝取ろうとするのじゃから……」

「そ、そんなつもりでは～」

「旦那様はわしの旦那様じゃからな！　まじで！」

「うう―」

セラは再び涙ぐんだ。

なぜか残念そうに俺の方を見てから、話を変えるように口を開く。

「そ、それはともかく、ではもう封印牢から脱出されるのですか、アリアケ様」

「いや、しばらくはここにいようと思う」

「えっ？　どういうことでしょうか」

「俺がここにいれば、災厄である《枯死》は発生しないとエルフ長はお考えだ。しばらく俺がここにいて、実際にどうなるのか、自分の目でしっかりと検証させるのが一番早いだろう」

「そ、そこまでの深謀遠慮を……。それに、それも全てエルフ族のために、その身を犠牲にしてまでっ……！　なんというお考えの深さ、遠大さでしょうか」

「いや、逆だよ」

えっ、とセラが意外そうな声を上げた。

「これはエルフ族が俺に試されているということだ。俺は君たち一族へチャンスを与える。エルフという種が、自ら真実を直視できるのかどうか、それを試す機会を、な」

セラはゴクリとのどを鳴らすと、

「おっしゃる通りです。ただ救うのではなく、成長の機会を促す。まるでアリアケ様は神様のような方ですわね。あなた様にエルフの命運をかける機会を頂けたこと、エルフ族として光栄に思いますよ」

そう言って、エルフの姫はその名の通り、花のように微笑んだ。

～一方その頃、エルフ長へイズは～

封印牢へアリアケたちを封じ込め、最初の1週間、私は肩の荷が下りたように安心していた。

「これで『肥沃の大森林』の災厄《枯死》は収束する！」

そう一族の者たちに宣言した。

エルフの皆も大いに喜び、自分を誉めそやし、さすがエルフ長殿だと言ってくれた。

エルフの里の長で最も求められるのは、この森の保全。その大目的を達成しつつあるのだから、賞賛は当然のこと。私は意気揚々だった。

しかし……。

「エルフ長……魔素の発生がおさまりません」

「むしろ、だんだんと濃密さを増しているような……」

「このままでは魔素によってモンスターが大量発生してしまい、エルフの里が全滅するやも」

「そんなわけなかろう！　もう一度調査をしてみよ！」

「で、ですが」

「いいから行け!!」

私は思わず大きな声で怒鳴ってしまった。

くそ、どうしてなんだ。私は一人になり、テーブルを思い切り叩く。

私は焦っていた。

私がエルフ長に就任したのはおよそ10年前。

私は先代よりもよほど森の保護に熱心な男だった。ゆえに、木々を手厚く保護し、それまで多少あった伐採すらもやめることにした。

そのおかげで森はより活況となった。木々は以前よりも繁茂し、自然から力を得るエルフの力も増したのだ。

だが、今はその面影もない。

「くそ！　くそ！」

私は悔しくて、歯噛みした。

1年ほど前からなぜか森が《枯死》し始めた。

そのせいで同胞からは、

「エルフ長として不適格なのではないか？」

「森を枯らすなど前代未聞だ。精霊に愛されていないのでは？」

などと陰口を叩かれ始めたのだ。

どうしてなんだっ……。これほど自然を愛しているのにっ……！

悔しいっ。悔しいっ。

最近もそのせいで眠れない日々が続いていた。

そんな時、ふと妹の顔と、なぜかアリアケ・ミハマ……あの勇者パーティーを追放された男の顔が頭をよぎった。

「セラの奴、怒っていたな……」

正義感の強い娘で、エルフには珍しく体を動かすのが好きなタイプだ。そのため困ったことに時々人間の町に出て冒険者稼業などをやっているわけだが……。

「もし、妹や彼らの言う通り、パーティー追放と今回の件が無関係なら……」

そんな思いが頭をよぎる。

「少しくらい話を聞いてみた方がいいのか……？　ああ、どうすればいいのだ……」

色々思い悩み不安がますます募って来る。

森を救いたいだけなのに、私が何かするたびに事態が悪化しているように思えて、イライラと不安が無限に繰り返される。

ただ、あの男に関しては一点だけ気になっていることがあった。

最初から私がアリアケという男に対して敵対的だったのも、このことが原因の一つだった気がする。

部下の報告にあったのだが、

『セラ姫はずいぶんアリアケという男にご執心のようだった』ということである。

私はそれを聞いて、思わず怒髪天を突いたのだ。

「な、ならん！　まだセラは幼い！」

結婚など時期尚早だ！

私とセラは歳の差が大きい。セラは私がエルフとして２００を数える時に生まれた妹であり、まだ15歳である。エルフとしてはまだ幼い子供になる。なので、どちらかと言えば自分が親代わりのようなところがあったのだ。

そのため、ついつい妹がご執心(ほれた)という男にきつく当たってしまった。

「……だが、そのせいでいきなり話し合いもせずに、捕縛しようとしてしまった……」

普段は話し合いを重視するタイプなのに、セラのことになると、どうも冷静さを失ってしまうのだ……。

「だが、あの男がもし無実だとすれば、あの威風堂々たる態度。そして、あの町を救ったという妹の話……」

真実ならば、人の中でも最高位に位置するほどの男ではなかろうか。ならば結婚とは言わないまでも、正式にお付き合いくらいなら……いやいや。やはりまだ早いのではないか。それに男はオオカミだし……。

そんなことを考えていた時である。

「た、大変です!!　エルフ長!!」

飛び込んで来た仲間の悲鳴で我に返る。

「どうした！」

「山崩れです！　大規模な崩落が発生し、里がのみ込まれました!!」

「なんだって!?」

それはありえない事態だった。

エルフの森は木々が繁茂している。そんな中で山崩れが起こるなんて！

私は呆然とするほかなかった。

だが、そんな風に呆けている暇はなかった。

エルフの民たちが大勢生き埋めになっているのだから。


「ああ、何でこんなことに……」

私は目の前の光景に絶望した。

突然の山崩れによって、エルフの里は大きなダメージを負っていた。

「エルフ長様、ご指示を!!　ほとんどの者が逃げ出せましたが、家ごとのみ込まれ逃げ遅れた者もおります！」

「！　そ、そうだな！　急ぎ我々総出で土砂を取り除くのだ！」

「で、ですが、この量の土砂を取り除くには人手も力も足りません！」

「っ……！」

部下たちが困惑の声を上げていた。

彼らの指摘はもっともで、大量の土砂が民家を押しつぶしていた。

しかし、すぐに救出しなければ、押しつぶされた者たちは救い出す前に窒息死してしまうだろう。

（どうすればいいんだ……）

喉がカラカラに渇くのを感じた。今押しつぶされている家は、最近赤ん坊が生まれたばかりのリンスロットの家だった。自分の親友の家でもある。その新しい命が最悪の形で奪われようとしている。

「何でだよ。あのアリアケっていう男を閉じ込めりゃ解決だったんじゃなかったのかよ……」

「やはりエルフ長には精霊の加護が宿っていなかったのでは？」

「さよう。エルフが自然災害にのみ込まれるなど前代未聞じゃ……」

「おい、よせ、こんな時に。聞こえるぞ」

同胞たちの声が聞こえて来た。

いつもならば威厳を保つために叱責すれば済む。

だが、今は彼らのその言葉一つ一つが真実だと痛感した。

「私はエルフの長になどなるべきではなかった。このような事態を招いてしまった」

思わず涙が流れた。

しかし、それすらも大自然の前では甘えでしかないことを知る。

「エルフ長、お逃げください！」

「えっ」

呆然としていた私は反応が遅れた。

「第2波が来ます！　は、早く！」

第1波の土砂崩れで、地盤が軟化していたのだろう。山崩れが再び発生し、山肌をのみ込みながら流れ落ちて来た。

その量は第1波の比ではない。それはエルフの里を丸ごとのみ込むだろう。

「私の……せいだ……」

できるならば同胞全てに謝りたかった。無能な長ですまなかった、と。

「あの男が言っていた通りになったのか」

あの男、アリアケは何が《枯死》の原因なのか見極めろと言った。

それをせず、愚かにもあの男を牢に閉じ込めた結果がこれだった。

「アリアケ・ミハマ……いや、大賢者アリアケ・ミハマ……殿……」

……今ならば分かる。あの方の言葉と行動は全て我らエルフを慮ってのものだった。大賢者の声に耳を傾けなかった。ならば、これは愚かな我々の自業自得なのだろう。

そこに英雄がいて、救いの手を差し伸べてくれていたのに、その手を自ら振り払ってしまったのだから。

土石流は目前に迫った。

だが、腐っても私はエルフの長だ。最後まで抵抗する誇りまでも失うわけにはいかない。

「お前たちは私の後ろに！」

「エルフ長!?」

仲間たちの前に身を投げ出した私は後悔を抱きながらも、少しでも土石流の勢いを殺すべく風魔法を使用する。

無論、大災害を前にこの程度の魔法、何の抵抗にもならないだろう。

だが……。

ピタリ。

土石流はその勢いを減じるどころか、その場で停止したのである。

「な、なにが？」

私は呆然とする。私の力ではない。

ならば、これは……。

と、その時である。

「何を勝手に諦めている」

その言葉は私のすぐ後ろから聞こえて来た。

「エルフは頑固で誇り高い種族だろう。ならば最後まであがいてみせろ」

私はその時、神が降臨したのかと本気で信じたのだった。

～アリアケ視点～

「《時間停滞》《重力操作》《衝撃吸収》《斥力発生》。以上のスキルを《合成》し、《範囲》スキルの応用で《連続展開》する」

俺はエルフの里を優にのみ込もうとする土石流を前に、淡々とスキルを使った。

「す、すごい……」

「何が起こっているんだ……土砂が……」

「山崩れが元に戻っていくぞ！」

俺のスキルによって第2波の土石流が押し戻されていった。

「原理は簡単で、土石流全体の流れを遅くしながら重力を反転させる。一方で重力を反対方向へも発生させ、流れを逆転させただけだ。もちろん、それでもまだ危険性は0ではないので念のため衝撃は殺してある」

「簡単なわけないじゃろ!!　旦那様以外の誰にそんな真似ができようか!!」

ついてきたコレットが隣でつっこんでいた。

「ありえない」

里のエルフたちも目を見開いていた。

「い、今のは本当に勇者パーティーを追放された役立たずポーター、アリアケがやったというのか……？」

「し、信じられない。何かの間違いだ。こんな奇跡のようなことができるなんて！」

「ああ、スキルの合成……しかもそれを連続展開だと!?　聞いたことないぞ、そんなもの！」

エルフの男たちが何やら混乱していた。

しかし、俺の元にエルフ長のヘイズが近寄って来た。

そして、

「大賢者アリアケ殿！」

「だ、大賢者？」

俺は首を傾げるが、一方でヘイズは俺を睨み付けると……。

「本当に、す、す、す、すま、すま、すま、すま、すまっ……！」

何やら「す」と「すま」を連呼していた。

やれやれ。

そこまで言われれば何を言いたいのか察しはつく。

「無理に謝罪をすることはないぞ。本来エルフというのは謝罪するような種族ではないのだから……」

そう言って苦笑するが、

「す、すまなかった！」

そう言って何と頭を下げたのである。

その光景に周りのエルフたちも目を見開き、

「お、おい、あのヘイズが頭を下げたぞ!?」

「あ、ああ。２００年ぶりじゃないか!?」

「というか、初めて見たぞ、あのエルフ長が人に頭を下げて謝罪するだなんて!?」

そんな驚きの声を上げていた。

それほどまでにエルフの謝罪というのは重いものなのだ。

そんな周囲の声は無視して、ヘイズは疑問を口にする。

「だ、だが……」

ヘイズはあわせて疑問を口にした。

「なぜ我々のような愚かな者たちを助けてくれたのだ。あなたの言葉に耳を傾けもせず、しかも牢に閉じ込めたような我々を……」

はぁ、と俺は嘆息する。

「別に助けたわけではない。たまたま災害が発生して、俺に襲い掛かって来たから、自分の身を守っただけだ」

「は？　た、助けたわけではない、ですと？」

「そうだ」

「旦那様、じゃが、そなた封印牢からここまで全力疾走せんかったか？　《危険察知》スキルが反応した！　とか何とか言って」

「言ってない」

「あの、セラもアリアケ様がそのようなことを言って全力ダッシュをしていたのを見た気がするのですが」

「知らんな」

アリアケは表情も変えずに首を振った。

「これほどの偉業をなしたというのに、なんという殊勝なお方だ……」

俺たちのくだらないやりとりを見て、なぜかヘイズは再び深く頭を垂れた。

「改めて謝罪を。大賢者アリアケ殿。勇者パーティーを追放されたと聞き、あなたを侮った発言を多々してしまったこと。私の人生で最大の誤りだ。あなたはまさに大賢者にふさわしい実力と見識を備えた、勇者一行にふさわしい……いや、勇者パーティーを実質的に導いて来た存在なのだろう。今ならばそのことが確信できます。……ですが、なぜ勇者パーティーがあなたのような賢人を追放したのか、理解に苦しむばかりですが……。ともかく、私は自分の不明を心から恥じ、そして全エルフを代表し、ここにお詫び申し上げる。大賢者アリアケ殿、すまなかった。そして、また全エルフを代表しお礼を言いたい。本当に助けてくれてありがとう」

その光景に再び周りのエルフたちが大きくざわついた。

それは先ほどの謝罪の比ではない。

なぜなら、『エルフの謝罪』。それは滅多に見られないものだ。そしてそれ以上に、『エルフの感謝』とは、エルフが友と認めた者、同胞以上と認めた相手にのみするものだからだ。そういう意味で俺は今、ヘイズという男だけではなく、エルフ種族に認められた極めて稀な存在となってしまったわけである。

まあ、それはともかくとしてだ。

「だが、まだ終わっていないぞ。第1波で押しつぶされた家からエルフたちを助け出さねばならん。時間がない」

「その通りだ。それで余りにも厚かましいお願いだが、頼むアリアケ殿。我々に力を貸してくれ。エルフ長として正式に大賢者アリアケ殿に助けを請いたい。この通りだ」

深く頭を下げた。

しかし、

「断る。俺一人の力ではどうせ間に合わん。お前たちが総力をあげて救出しろ」

俺はにべもなく首を横に振った。

その答えに、周囲のエルフたちは、

「もっともだ……。だが、俺たちひ弱なエルフでは……」

「風魔法では土と一緒に、押しつぶされた民家ごと吹き飛ばしてしまうだろうし……」

俺の答えにエルフ長、セラ、それに他のエルフたちも絶望に表情を染めた。

「ふーむ、そう言われてもな……。俺にできることと言えば、この辺り一帯の土砂の重力を10分の1程度にすること。そして、今まさに押しつぶされている者たちの体力が減らないように回復し続けること。あとはお前たちの筋力を100倍にすることくらいだ」

「は？」

「何だって？」

エルフたちが戸惑った声を上げる。

「お前たちが言ったんだろう。土砂を押しのける力がないと。それに押しつぶされた者を助ける時間が足りないと。なら、俺ができる支援としてはこれくらいだ。さすがにこれ以上は面倒見切れんぞ」

そう言いながら俺はスキルを発動し始める。

「《範囲》スキル発動」

「《自己回復促進（強）》発動」

「《重力10分の1》発動」

「《筋力強化（強）》発動」


「は？　えっ⁉　す、すげえ！　非力な俺たちがマッシブに⁉」

「見ろ！　この前腕二頭筋を！」

「見てくれ、こんな大岩だってこの通りだ！　これでひ弱とか言われないぞ！」

何やら微妙なところで感動が巻き起こっているようである。

「それにしてもすげースキルだ……」

「それにアリアケ様は俺たちのために駆けつけてくださったんだぞ」

「第2波から助けてくださった。まさに我らの救世主様だ」

「勇者パーティーを追放になったっていうのは……じゃあ」

「勇者パーティーの方が馬鹿の無能だったんじゃないか？　こんな大賢者を追い出すなんて！」

「そうに違いない！　むしろ先代勇者との盟約をないがしろにしたのは、大賢者を追放した勇者パーティーの方だったんじゃないか！」

「ああ、きっとそうだ！　無能勇者どもめ！」

「くそ！　間抜けな勇者パーティーどもめ！　もし会ったら一発殴ってやりたい！」

散々な言われようである。

そんな悪口雑言を口にしながらも、彼らは素早く手を動かした。

と言っても、軽くなった土砂を、筋肉モリモリマッチョマンのエルフたちが撤去するのに、そう時間はいらなかった。

そして、押しつぶされた民家からは、エルフたちが無事に救出されたのである。

「それでは、我らエルフ一族を未曽有の窮地よりお救いくださった大賢者アリアケ殿に心からの感謝を捧げ、ここに祝いの席を設ける。我らが英雄のアリアケ殿に、一同乾杯！」

「乾杯！」

「アリアケ殿に乾杯！」

「ありがとうアリアケ殿！」

「大賢者殿！」

エルフ全員が俺に対して感謝の祝杯を挙げた。

「ご覧ください」

そう言って一人のご婦人が抱っこしてきたのは、まだ小さな赤ん坊だ。

「この小さな命をお救いくださってありがとうございました。本当に何と感謝申し上げていいか」

「ふ、礼ならもう貰っているさ。エルフに手料理を振る舞ってもらえるとは、助けたかいがあった。それで十分さ」

「いえいえ！」

と、ヘイズが割り込んだ来た。

「この程度で十分などとは、エルフの誇りが許しません。もっともっと感謝の気持ちを伝えさせて頂きますぞ！」

「最初から思っていたが、暑苦しい男だなぁ」

その言葉に周囲のエルフたちが大笑いした。

『エルフの感謝』をこれほど受ける人間は前代未聞だろう。

もちろん、俺という人間ならば起こりうることだとは思うが……。

正直言って騒がしいのはあまり得意ではないのだがなぁ。

「それにしても、どうしてアリアケ殿ほどの方が勇者パーティーを追放になったんだろうなぁ」

「逆じゃないのか、勇者パーティーをアリアケ殿が追放したんじゃないのか？」

「それはありうるなぁ」

エルフたちが酔っぱらいながら、口々に言った。

そんなことはしていないぞ、と急いで訂正しようと思ったのだが、

「なるほどのう。旦那様が追放したということか。なんじゃ、わしも納得じゃ」

「わたくしも納得できました」

「私もです。胸のつかえが取れましたよ」

コレット、セラ、ヘイズも同調してしまう。

やれやれ、事実とは違うのでちゃんと正しておくか……。

「追放したのか、されたのかなど小さなことだ。大事なのはあいつらが俺という余りに大きな存在に縋ることをやめ、そして、まだまだ未熟なりに自分たちの足で立とうとしたということだ。傍から見れば滑稽かもしれないが、いくら転んでもいいと俺は思っている。なぜなら、歩こうとしなければ転ぶこともできないのだから。小さな子供が歩くのを見守るのも、また親の役割でもあるのだろうさ」

俺は遠い目をする。俺という偉大な存在に指導を受けた彼らも、いつかは巣立たなければならなかった。俺に甘え続けたいのも分かるが、彼らはついに巣立ったのだ。そのことを上位者たる俺は言祝(ことほ)いでやらねばなるまい。彼らの上に立つ者として。

「さすが旦那様は優しい視線で皆を見ておるのじゃな。それが物事を大きな目で見るということなのじゃなぁ」

「まるで自然の精霊神のような温かで素敵なお考えですね」

「本当ですな。私もエルフ族を導くに当たり、アリアケ殿を手本にしたいと思います。その素晴らしいお考えをもっとお聞かせ頂き、学びたいと思います」

「なに、当然のことを言ったまでだ。物事の道理を深く考え、歴史や大局から見通せば、容易なことだ」

「それが凄いのですがなぁ」

俺の言葉に、エルフ長のヘイズはどこか感動したかのように嘆息した。

ところで、とヘイズが話題を変えるように言う。

「《枯死》の原因ですが、一体なんだったのでしょうか。もしや、大賢者アリアケ殿にはお分かりになっているのでは？」

その質問に俺は、

「木を大切にしすぎたからだ」

と即答する。

「へ？」

とヘイズが変な声を上げた。

「ちょ、ちょっと待ってくださいよ、アリアケ様！」

「そうです、木を大切にしたらだめなんて……」

「そんなの意味が分かりませんよ！　木を守ったら森が衰退するだなんてっ！」

そうだな、と俺は頷く。

「だが、それが事実だ。ヘイズお前の代から木々の伐採をやめたということだが、それ以前は必ず伐採をしていたのではないか？」

「そ、その通りです。定期的に、一定の範囲を開けながら、木を切るようにしていました。そういう掟でしたので……」

「それを『間伐』という」

「か、間伐……？」

そうだ、と俺は頷く。

「間伐をしなければ太陽の光が当たらず、新しい植物は育たない。すると悪い気が発生し、魔素がたまり、モンスターが集まる温床になる。そして、一時的には良くても、長い目で見れば森は枯れていくんだ。すると、地盤が荒れ、自然災害が起こりやすくなっていく」

「そ、それであの山崩れが……。確かに最近大雨があったんです」

「す、すごい。さすが大賢者様だ……」

「ああ。これほど自然の知識に精通されているとは！」

ヘイズは頷き、

「これからは間伐をしっかりやっていくように変えたいと思います」

と言った。

それがいいだろう。

ただ、一点疑問があるのだ。

「だが、一つ聞きたいのだが、なぜお前はいきなり伐採を完全にやめてしまったんだ？　エルフというのは保守的な種族だ。それが悪いとは思っていない。特に自然とともに生きるならばその方がいい面も多いと思う。だからこそ疑問だ。どうして急に今までのルールを変えたんだ？」

「え、ええ。それはある時、旅人からそうアドバイスを受けたからなんです」

「旅人？　それは一体どこの誰なんだ？　まったくもって無責任な無能ではないか。もはや犯罪行為だぞ」

温厚な俺であるが、若干憤る。

「その……勇者様です……」

「は？」

勇者？　それは一体どこの……。

「ずいぶんと前ですが……。その時、大賢者様はいらっしゃいませんでしたが、確か4名でお見えになられました。我々は先代勇者との盟約がございますので、勇者殿を信頼しておりました。けっして無責任なことはおっしゃらないであろうと」

そ、そうだったのか。

4名というのも、どの4名なのか何となく見当がつく。確かに冒険に出ていない時などは基本同道しているわけではないのだ。

「俺が同伴していれば、こんなことは絶対に起きなかったのに……」

「確かに……旦那様がおらんかったのが、最大の不運じゃったな……」

「アリアケ様さえいらっしゃればこんなことには……」

「大賢者殿さえいれば……」

　コレット、セラ、ヘイズが口をそろえた。

「すまなかった。俺の責任だ」

「え？　ど、どうしてアリアケ様が？」

　セラが驚くが、

「俺が面倒をみていた奴らだ。いわば俺は教師のようなもの。出来の悪い生徒たちの不始末は俺の責任だ……」

　子供の面倒を見切れなかったようなものだと責任を痛感する。

　しかし、

「大賢者殿。顔を上げてください。大賢者殿の責任ではありませんよ。それに私は感動しました」

　え？

　どういうことだ？

　顔を上げると、他のエルフたちも笑いながら、

「さすが大賢者様です。他の人のために自分が謝るなんて普通できません」

「ああ、これほど潔く気高い人がいるなんて驚いたよ」

「我々もアリアケ様の在り方を学ばないといけないなぁ」

「そうだな。本当は愚かな勇者パーティーが謝るべきところを、代わりに謝罪をされる度量をお持ちなのだものなぁ」

　そんなことを口々に言った。

「ただ……」

エルフ長ヘイズが眉根を寄せて口を開いた。

「やはり今回のことは正式に国に抗議はせねばなりません。勇者は王国から特権待遇を保証された身分。王国騎士団のようなものですからな。言動には国家として責任が生じる。そのことを王国に問わねば私の指導者としての責任が取れません」

「お前の言うことは正しい。だが、あいつらは未熟で……」

俺がそう言いかけると、

「ですが……」

とヘイズは続ける。

「大賢者アリアケ殿の偉大さ、そして我々に示してくださった寛容さに学び、今回の件で勇者パーティーを罪に問うようなことは致しません。あくまで軽いクレームにとどめるつもりです」

「そうか。恩にきる」

「何をおっしゃいますか！」

ヘイズは慌てたように恐縮し、

「こちらこそ返せないほどの恩を頂きました」

その通りです。とセラも同意しつつ、

「それに、今度から『勇者様』と言われたら、アリアケ様のことだと思うようにしますね♪」

などと言った。

「それはいいな！」「賛成だ！」「真の勇者アリアケ様！」

他のエルフたちも同意して盛り上がるが、

「頼むからそういうのはやめてくれ！　俺は引退してゆっくりする予定なんだ！」

「これほどの大活躍をしておいて、それは無理じゃろ？」

コレットが無情にもツッコミを入れる。

「そうですぞ、大賢者殿。私が口を閉ざしても、このような英雄譚、どこからか噂は広がるものです」

「まじか……。頼むから勘弁してくれ……」

俺は盛り上がる周囲をよそに、ひっそりとため息を吐くのであった。

～閑話　一方その頃、勇者ビビアたちは～

俺たち栄光ある勇者パーティーは『ラクスミー』という、そこそこ大きな街を訪れていた。

王国のクソどもが、前回の冒険の失敗を理由に俺様から聖剣を取り上げ、その返還条件として、この町でのDランククエストの達成を条件にしたためだ。

（Dランクだと！　はっ！　俺は勇者だぞ!?　そんなものは、雑魚冒険者どもに任せておけばいいのにっ！）

屈辱に唇を歪める。こんなクエスト、楽勝すぎるのは明白だった。

だが、

「とはいえ、回復術士のメンバーを募集する必要があるな」

俺たちは冒険者ギルドのテーブルを囲い座っていた。

現在のメンバーは拳闘士デリア、盾役のエルガー、魔法使いプララ。そして、ポーターとして雇ったバシュータという男の計5人だった。

大聖女アリシアは前回の冒険で大怪我をしたようで、まだ連絡はなかった。

さすがに後衛の回復役なしで冒険に出るような真似はできない。

「ふん、まあ王都ではない片田舎の街とは言え、そこそこの街だ。勇者パーティーからの呼びかけともなれば、数十人は集まるだろう。ははは、むしろこれからの選抜が思いやられるな」

「その通りですわビビア様。とりあえず書類審査で9割がたは落としてしまうとしても、結構残りますからね」

「最後はどうしても面談だからな。ま、俺たちは人を見る能力だけはあるからな。しっかりと見極めるとしよう。なぁ、プララ」

「ん……ああ、そうだね……」

仲間たちと、殺到して来るであろう新たなメンバーを待つことにする。1、2日もあれば相当の応募があるに違いなかった。

　しかし……。

「どうして全然集まってこねえんだ！　しかも、かろうじて集まって来るのはろくに初級ヒールも使ええねえ奴らばかりじゃねえか！」

「そのうえ、報酬の前払いが条件だと言ってきています。完全に途中で脱走する気ですわ」

「ど、どうする勇者よ……。審査基準を下げないと面談まで進める応募者が一人もいないぞ……」

「お前は馬鹿か、エルガー!!　審査基準を下げて面談して採用したとしても、とてもこんな奴らに後衛なんて任せられるわけねえだろうが！」

「む……。馬鹿とは言いすぎなのではないかっ……」

　くそったれが！　と俺はテーブルを蹴り倒す。

「なんで栄えある俺たち勇者パーティーにこんな雑魚どもしか集まってこねえんだよ！　おいデリア！　お前の募集の仕方に問題があったんじゃねえのか!?」

「そ、そんな!?」

「もしくは、実際にビラを作ったのはエルガーだったな……。本当に鈍くせえな！　てめえのせいでとんだ時間の無駄をくらっちまったぞ！」

「なあっ!?」

　俺の腹の虫は治まらない。ミスをした仲間どもを叱責するのはパーティーリーダーである勇者たる俺の役目だ。

しかし。

「くくく、見てみろよ、あれ」

「本当だな。へへへ、みっともねえ奴らだぜ」

「ああ、奴らが例の……くっくっく」

どう見ても俺より格下の冒険者どもが、遠巻きにこちらを嗤っていることに気づいた。

俺は怪訝な顔をする。今までこんなことはなかったからだ。勇者である俺を嗤うヤツなんているわけがないし、いて良いはずもない。

こんな田舎だ。恐らく、ろくに物を知らない駆け出し冒険者か何かで、礼儀を知らないのだろう。格下をいきなり脅かすのもかわいそうだ。ここは少し世の中を分からせる程度にしてやるとしよう。

「おい、お前たち。俺たちが誰だか知らないのか！　俺たちは栄光ある勇者っ……」

そう言いかけた俺の言葉を、

「知ってるさ！　あの聖剣を没収された間抜け勇者パーティーだろうっ！」

そう言って、あろうことか遮ったのである。

「は？」

俺は言われたことが理解できず固まる。奴らは言葉をつづけた。

『『呪いの洞窟』で仲間を見捨てて逃げたんだって!?　本当だったら『冒険者ライセンス剥奪』だぜっ！　よかったな、国がかばってくれてよう！」

「そのうえ、大聖女様にも見放されたって噂じゃねえか！」

「洞窟から逃げかえってきた時は、泣いて震えてたらしいな！　ははは、普段えらそうなくせして、情けねえ奴らだぜ！」

ギルド中が俺たちを心底馬鹿にしたような笑い声に包まれた。

俺は余りの屈辱に顔を真っ赤にする。殺意すら抱くほどに。

だが、次の言葉で逆上していた俺の体温は、逆に凍り付いてしまう。

「それに比べてアリアケさんは立派だよなぁ」

「は？」

何だって？

「ああ、あの方こそまさに人々を助ける救世主様だ」

「口だけのコイツらなんかとは違う。本当の意味での賢者様だよなぁ」

「ちょ、ちょっと！」

デリアが焦った声を上げた。

「どうしてそこでアリアケなんかの名前が出るのよ！」

「そうだ！　あんな非力で無能な男の名前がどうして出る！」

エルガーも抗議の声を上げた。

すると冒険者たちは意外そうに、

「なんだ知らねえのか？　ついこの間『メディスンの町』の近くに魔の森ができたんだ」

「そのことくらいは知っている！　王国騎士団と冒険者たちが総出で防衛したともな！」

だが、冒険者は馬鹿にしたように鼻を鳴らすと、

「そりゃ国の建前さ。王国騎士団は全滅して、町は壊滅寸前だったんだ。もう無理だって皆諦めてた。そこにアリアケさんが来て、リーダーとなって冒険者たちをまとめ上げ、一致団結して、魔の森のモンスター1000体を撃退したんだよ。しかもボスはキング・オーガだったんだぜ」

「なんだって!? そんなわけがっ……！」

「信じられねえのも無理はない。だが事実だ。何せ俺もその戦闘には参加したからなぁ。ここにいる奴らの中には、そん時にアリアケさんに世話になった奴は大勢いるぜ」

まさか！ そう思う。

だが、冒険者の言葉に、「俺も」「俺もだ」「アリアケ殿に助けられた」などと、アリアケの野郎を慕う言葉が次々と溢れ出て来たのである。

「それに最近は風の噂だが、エルフの里を救った、なんていう噂もある。エルフ族がアリアケさんのファンクラブを作ったなんて話もあるくれえだ。まったく、エルフ族が人間を褒めるなんてことは前代未聞すぎて、ちょっとした評判だよ」

「し、信じられないっ。そんな馬鹿なっ……！」

俺は悔しすぎて歯噛みする。

ぎりぎりと歯が鳴り、膝に爪が食い込んだ。

と、その時である。

「ね、ねえ。やっぱりアリアケに謝ろうよ」

プララがそんなことを言い出したのである。

「何を……何を馬鹿なことを言ってやがる！　プララ!!　よりにもよって、あ、謝るだとぅ!?」

俺は叫ぶように言う。

「そんな無様な真似が許されるわけないでしょう!?　正気なの、プララ！　そもそも魔の洞窟で役立たずだったあなたのせいで、こうなってるのよ!?」

「そうだぞプララ。頭でも打ったのではないのか？　魔法だけでなく、頭まで悪くなっては魔法使い失格だぞ！」

デリア、エルガーも目を剝いて罵倒した。当然だな！

「恥を知れ！　このヘボ魔法使いが！」

俺たちは当然の抗議をする。

普段であれば、俺たちの正論にプララはすぐに納得する。

だが、

「私の実力は確かにみんなが言う通り大したことがないのかもしれない。でも、それとこれとは別じゃん!?　じゃあ聞くけど、モンスターに最初にやられたのはどこの勇者!?　盾役を果たせなかったのはどこのでくの坊!?　それに攻撃が通じない拳闘士はどこのどいつなのさ！　それって全部、今まではアリアケの支援があったから、やってこれただけだったんじゃないの!?」

「なっ!?」

「そ、それは偶々(たまたま)よっ!?」

「そっ、そうだ！　油断していただけだっ！」

だがプララは更に言いつのる。

「じゃあ、そもそもの話！　光源を十分に出せなかったのは悪かったけどさ、それならそれで、そういう条件にあった冒険の仕方をするのがリーダーの役目なんじゃないの!?　それなのに闇雲に動き回ってモンスターを呼び寄せてさ！　アリアケだったらそんな下手な冒険の仕方はしなかったよ！　彼だったらどんな条件下でも、それにあわせた戦略を立ててナビゲートしてた！　気配察知に注力して、移動にも細心の注意を払ったに違いないよ！」

「ぐ、ぐぐぐっ……」

「何より、アンタらやられそうになったら私の回復アイテムを奪って逃げたじゃん！　アリアケは口うるさい奴だったけどさ、それは彼なりに正しいことを示してくれてたんだよ！　彼がいてくれたら、あんな道理に外れたことは絶対に許さなかった！　だから、ねえ、謝ろうよ！　頭を下げて戻って来てもらおうよう!!　やっぱり私たちには彼の力が絶対にひつよ……」

「い、いい加減にしろ！」

俺は叫ぶ。勇者としてのプライドをズタズタにされた俺は顔を真っ赤にした。

「買いかぶりもいい加減にしろ。あいつにそんな力があるわけがないだろう！　ユニークスキルもないあいつにそんなことがっ……！　あるわけないんだ！　口から出まかせだ！　俺たちは実力でのし上がったんだ！　俺こそが、神に愛されてるから聖剣に選ばれた男でっ……！　だから俺があいつより劣っているわけがねえ！」

「そ、そうよ！　あんなの後ろから偉そうなこと言ってるだけじゃない！　私がこのパーティーの支柱なのよ！　勇者を支えているのは私なんだから！」

「その通りだ。俺こそがこのパーティーの盾なんだ！　あんなひ弱な男に助けられていたなんて……信じられるか！」

俺たちは激しくプララを罵倒した。

「おいおい、あいつら大丈夫なのかよ……」

「完全に仲間割れしてやがる」

「ていうかアイテム強奪って……ただの犯罪者じゃねえか」

「しかもあいつら全員、感情論しか言ってねえな。冒険者のイロハも学べてねえんじゃねえか？」

ははは、という嘲笑の声、はぁ、という呆れの声が耳に響く。

そして、

「アリアケさんと一緒にメディスンの町で戦った時は、日頃いがみあってる100人の冒険者たちが一致団結したもんだが……。やはりこの勇者はだめだな。4人ですらまとまっちゃいねえ」

その言葉に、俺は余りの悔しさに歯噛みする
奥歯がくだけるほどに強くギリギリと歯噛みした。

血の涙すら流れそうだ。

この世界で最も優れた、聖剣に選ばれた勇者の俺が、こんな田舎の冒険者ギルドで笑いものにさ

れていいはずがない。それも、あんなヘボポーターのアリアケと比較される形でっ……！

（俺の実力を知らしめなくてはだめだ）

ふとそんな考えが頭をよぎる。

（ここにいる全員を亡き者にすれば、俺の実力を王国も認めざるを得ないよな……）

そんなことを一瞬考え、実際に剣へと手が伸び始めた……その時である。

「はわわ、勇者様たちじゃないですか〜」

ポヤンとした、だがよく通る声がギルドへとこだました。

あまりに場違いな声に、ギルドは一瞬静寂に包まれる。だが、その声を発した人間は特に気にしていないようだ。独自のポヤヤンとした空気のまま、ぱたぱたと勇者たち一行に近づいて来た。

「き、君は……確か……ローレライ、だったか？」

「は、はい、そうです！　覚えて頂いていて光栄です！」

そう言って深く頭を下げた。

少女の名はローレライ。ふわふわとした緑の髪を伸ばした15歳くらいの少女だ。

あどけない、駆け出しといった風情だが、前回、たまたま一緒に冒険したことがあり、見た目にかかわらず、それなりの高レベル回復術士であった。

「ご無沙汰をしております。ご挨拶が遅れてすみませんでした。まさか、また勇者様たちとお会いできるなんて、本当に光栄です！」

「そ、そうか？」

「はい！」

ローレライは何らてらいもなく頷いた。

「前回の冒険で色んな奇跡を見せてもらってから、毎晩のようにその光景を思い出します。もう数年も前ですのに。竜を一撃で切り伏せた勇者様の聖剣一刀撃(ホーリー・スラッシュ)、デリア姉様が襲い来るオーガたちを軒並み叩きのめした殺戮的舞踏、エルガー様があらゆる敵の攻撃をその鋼の肉体で全て跳ね返した鉄壁防御！　そしてプララさんの巧みで疲れを知らぬ支援魔法に攻撃魔法！　勇者パーティーの皆さんの武勇を片時も忘れたことはありませんでした！　……あれ、でもそう言えばもうお一人、アリアケ様がいらっしゃいませんね？」

俺は彼女の言葉を聞いて……最後のアリアケの部分だけは無視して口を開く。

「ふっふふふ。そうかそうか！　いや、その通りだ。フゥ。いや、俺としたことが一度の冒険の失敗を余りに引きずりすぎていたな。俺にはこれまで王国を救い、民草を救済して来たという数々の実績があるんだ。そして、俺の実力は助けられた皆が一番よく知っている」

その言葉にローレライはニコリとして、

「その通りです。それで……私はしばらく別の冒険に出ていて、今日久しぶりに戻って来て、勇者様の回復術士の募集を見かけたのですが、まだ採用枠は余っていますか？」

「ああ、現在数十人から選考しようとしていたところだったが、ローレライ、君とパーティーを組むとしよう」

「え？　い、いいんですか？　いきなりなのに、私なんかで？　それに数十人の応募があったなら、もっと実力のある冒険者さんたちがたくさん……」

「一度パーティーを組んだことがある君が適任だろう。それに君の実力は知っているしな。お互いの信頼関係があることが重要だ」

「そうなんですね。わぁ！　嬉しいです！　またご一緒できるなんて！　宜しくお願いします！」

ローレライはニコリと微笑んで言った。

やれやれと俺は椅子にゆったりともたれかかる。

「ふ、これが本当の勇者の人気というものだ。見る者が見ればちゃんと俺の実力は評価されているってことさ」

「私も少し焦っていましたわ。たかだか一度の冒険の失敗で。ふふふ、あの失敗のおかげで私たちは更なる飛躍をとげる良い経験をしたのでしょう！」

「そうだな。勝って兜の緒を締めよ。今まで勝利の連続だった。だが、実力があっても運悪くたまには失敗だってある。だからこそ冒険は面白いんだ。そうだろう、プララ？」

エルガーがプララに水を向けた。

すると、プララもローレライの言葉に、かつての栄光を思い出したようだ。

「そ、そうだよね……。私たちはみんなで沢山の冒険を経験して突破してきたんだ。ご、ごめんね、みんな！　なんだかわたしナーバスになってたみたい！　もう大丈夫！　ってか、よく考えたらDランククエストなんか楽勝っしょ！」

「ははは！　だから最初からそう言ってるじゃない！」

「さあ、出発しましょう！」

「そうだな、ポーターのバシュータを呼んで早速出発だ！」

「「「おう！！！」」」

こうして俺たちは成功が約束された新たなDランククエストへ意気揚々と出発したのである。

その冒険先は『エドコック大森林』。

そこに住み着いたワイバーンの討伐がその任務であった。


俺たちは今、エドコック大森林の中にいた。木々が鬱蒼と生い茂っており、視界も悪く、やたらと暑い場所である。

メンバーは、勇者である俺、デリア、エルガー、プララ、ローレライ。それからポーターの男のバシュータで合計6名だ。

「やれやれ、本当にあっちーな。さっさと奥地に住み着いたというワイバーンを始末して帰りてぇもんだ」

俺は悪態を吐く。すると新しく仲間になったローレライがニコニコしながら言った。

「思い出しますねえ。私が冒険者として参加させて頂いた時も、そんな風に余裕を持たれながら冒険を進められていましたものね。押し寄せて来る敵をばったばったとなぎ倒される、勇者様の聖剣の煌めきは今だに忘れられません」

　キラキラとした瞳を向けてくるローレライに俺は大いに気を良くする。

「わーっはっは!!　そうだろう、そうだろう！　ま、俺にかかれば敵の1000や2000、物の数ではないさ！　俺を倒したいなら、そうだな、それこそゲシュペント・ドラゴンでも連れてくるがいい！」

「すごい！　さすがです!!」

「うむうむ、あーっはっはっはっは！」

　俺は気分よく行軍する。そうだよ、これこそが勇者を正しく敬う一般人の反応なんだ。あのギルドの連中どもは恐らく田舎者の馬鹿ばかりだったんだろう。アリアケのありもしない英雄譚に踊らされていたのがその証拠だ！　俺こそが英雄であり、魔王を倒してこの国の姫と結婚して王になる存在なんだ！

　俺はかつての正しい気持ちを取り戻した。英雄としての雄大な気持ちをなぁ！

「でもでも、ワイバーンくらいでしたら、勇者様の出番はないかもしれませんね。デリア姉様やプララさんの必殺技で一撃ですよ！　勇者様が一番なのは当たり前ですけど、他の皆さんもこの大陸に敵う人たちはいないくらいの超一流冒険者なんですから。まあ、それくらい勇者パーティーに名を連ねているんだから、当たり前のことなのかもしれませんけど」

　その言葉に、

「も、もちろんそうよ！　ふ、ふふふ。ふふふふ！　ええ、勇者様のお手を煩わせる必要もありませんわ！　私の拳で一撃よ！」

「えー、プララだって活躍したいなぁ。私がファイヤーボール撃てばそれですぐ済むんだしー」

「やれやれ。お前たち調子に乗るなよ。油断大敵だ。ま、どんな敵が来ても、この鋼の肉体を持つエルガー様が鉄壁の防御でダメージなど受けようもないのだがなぁ。わーはっはっはっはっはっははは！」

デリア、プララ、エルガーも大声で笑いだす。

ああ、そうさ。

「俺たち勇者パーティーは全員超一流の人間たちの集まりなんだ！」

「そうですわ。馬鹿にされるいわれなんて一つもなかったのですわ！」

「あたしたちは人生の勝ち組なんだ！　他の奴らはカスだよ！」

「俺たちをかがやかせるための、ま、舞台道具みたいなものだからな！」

そう言って笑う。

と、その時である。

ザッ！　という音とともに茂みから《マンティコア》が1体出現する。人面・獅子の胴体・コウモリの翼・サソリの尾を持つ獣で、Cランクモンスターだ。

「楽勝だな！　よし、戦闘開始だ！」

「任せてください!!」

「防御は任せろ」

「援護するよ！」

息はピッタリだな。

まずは勇者の俺が切りかかる。聖剣ではなく、普通の騎士たちが使う剣だが威力は十分だ。

「トロいんだよおおお！」

ずぶしゃ！！！

よっしゃ、見事胴体に命中！　即死だな！

「ぎゃわあああああああああああああああああ!?」

が、即死だったはずのマンティコアが暴れ出し、サソリの尾を振り回した。

それが俺の腕をかする！

「な、なに!?　ぐ、ぐああああああああ!?　いでえええええ!?　う、腕が！　腕がしびれるぅうう
あああ!?」

「ちょ、ちょっと勇者!?」

「馬鹿！　何をやってる！　邪魔だ！　どけ！　そんなかすり傷程度で悲鳴を上げるな、軟弱者
が!!」

「て、てめえ、誰に口をきいてやがるううう！」

「い、いいからどいてよ！　ファイヤーボール！」

どおおおおおおおおおおおん！！！

「グ、グオオオオ……グオオオオォォォオォオォォ……」

今度こそ致命傷だったらしく、徐々に咆哮は小さくなっていく。

ちっ、手間とらせやがって。くそ、それにしても痛えええ……。毒が回ってやがる、くそが！　くそが！

俺は内心で毒づく。

その時である。

「あ、あれ？」

ローレライが後衛から俺たちの方を見つめ、首を傾げていた。

「あれれ？　もしかして、勇者様たち……苦戦されてましたか？」

ローレライが自分でも信じられないとばかりに口を開いた。

「い、いや……。いやいや！」

俺は腕の激痛を我慢しながら、脂汗を流しつつ、大したことないとばかりに笑顔を浮かべた。

「ちょ、ちょっと……。そう、ちょっと調子が悪かったんだ」

「そ、そうなんですか!?」

ローレライは驚いたとばかりに目を見開き、

「調子が悪いようでしたら、一度街に戻られた方がいいかもしれませんね……うーん」

「は、ははは。いやいや、たまたま調子が悪かっただけだから。今度は大丈夫だ！」

「は、はぁ。そうなんですね。わ、分かりました」

どこか必死な様子の俺の気配に怯えたのか、言葉少なにローレライは頷いた。と、とにかく納得はしたみたいだな。

しかし、

「あの、勇者ごめん……」

プララが口を開いた。

「私、実はちょっと調子が悪くてさ……」

そう言うと腹を押さえて、

「ちょっと、お腹が痛くて。ごめんだけど、帰って、いいかな？」

ひきつった表情でそう言った。


「嫌だ！　まだ死にたくない！　また殺されかけるのは嫌だぁ！」

プララの絶叫が前方より響く。

「縁起でもないこと言うな！　このクソ魔法使いが！」

「そうですわ！　戦いを前にして仮病で逃げ出そうとする仲間には『先頭』こそがお似合いです！」

「その通りだ。俺もこんなことはしたくない。だが、おまえの腐った性根を叩きなおすために、あえて先頭をお前にしているんだぞ」

俺の言葉に、メンバーも同意する。

「何言ってんだよ！　仲間を置いて逃げ出したのはアンタたちじゃん！」

プララは叫ぶように言った。

「あ、あのう……」

と、ローレライがおずおずと手を挙げた。

「逃げたって、一体何の話なんですか……？」

「な、何でもないわ！」

「ああ。こっちの話だ！」

デリアとエルガーが力強く言う。

「？？？？？？？？？」

ローレライはただただ怪訝な表情を浮かべたのであった。


「ったく、油断も隙もありゃしねえ……」

俺たちパーティーは順調に大森林を前進していた。少し臆病風に吹かれたパーティーメンバーがいたが、そこは俺がリーダーらしくバシッと叱責したうえでお灸をすえている。

そのプララは先頭にされたことで、ずっとぐずり続けていて非常に鬱陶しいが。

「う……う……どうせまた私を囮にして逃げるんだ……うっ……うっ……」

はぁ、まじで勘弁して欲しい。ここはもう一発脅かして黙らせるか？

そんなことを考えていた時である。

「うっ……うっ…………あいたぁ!?」

急にプララが小さな悲鳴を上げたのである。

（ったく！　いちいちうるせえなぁ！　構ってちゃんかよ！　てか、多分デリアかエルガーが俺と

同じ考えで、一発ぶん殴って黙らせようとしたのかね。まったく、俺と違って短気な奴らだぜ）

だが、

「痛った!?」

「うおおお!?　か、かゆい！」

デリアとエルガーも少し遅れて悲鳴を上げた。何なんだ、一体？

俺が怪訝な表情をしていると、

「ああ、《黒羽虫》ですね。『虫よけ香』が切れたのでは？」

「虫？　ああそういうことか」

俺は納得する。このエドコック大森林には《黒羽虫》という羽虫が出るのだが、人間の魔力を吸うのである。この虫は毒を持っていて、吸われた場所が腫れ上がるのと同時に、非常にかゆくなるのだ。

そのため、こういった森林系ダンジョンでは虫よけアイテムを持ってくることは常識となっている。

「だいぶ奥地まで来たから入口で使った『虫よけ香』の効果が切れたんだな。よしバシュータ、次の『虫よけ香』を出せ」

俺はポーターのバシュータに指示する。

「へ？　いや、もうないですけど」

しかし、バシュータはあっさりと首を横に振った。

「は？」

俺は唖然とした声を上げると、

「何でもうねえんだよ！」

怒声を上げて叱責する。当然だ、大森林攻略に虫よけ香がないなんてお話にならない！

だが、バシュータは怪訝そうに眉根を寄せると、

「なんでって……。勇者さん、アンタたちが『虫よけ香』がどれくらい必要か聞いたら、『すぐにクリアするから沢山はいらない』と言ったんじゃないか」

「なあっ!?」

まさか言い返されるとは思っていなかったため俺は絶句する。

しかし、次にエルガーとデリアが怒声を上げた。

「そ、それでも！　いざという時のために予備を持っておくのが、ポーターの役目ではないか！」

「そうよ！　あのアリアケだって、それくらいのことはしていたわよ！　あいつですらアイテム不足なんて事態、一度も発生させなかったのに!!」

もっともな怒りをバシュータにぶつけた。

だが、

「は？　そ、そんなことできるわけないじゃないか……」

逆にバシュータがギョッとした表情をして言った。

「アイテムを持てる量には限度があるんだ……。勝手に予備を持つだなんて、しかも虫よけを……。

そんな重要な判断をポーターができるわけがないだろう!?　それに、アイテム不足を一度も起こしたことがない!?　ありえないよ！　そんな凄腕ポーター聞いたこともない！」

最後は悲鳴のような声を上げる。

「は？」

「な、何だって？」

「で、できないって……。ア、アリアケにはできていたのに……」

俺たち3人はそろって呆然とする。

と、その時、

「あ、あの……」

とローレライがおずおずと口を開いた。

「バシュータさんの言う通りです。当たり前ですが持っていけるアイテムの量には制限があります。何を、どれくらい持っていくかという判断は、そのまま冒険の成否にかかわってきます。これは、冒険者が最初にギルドで習うことでもありますが……」

「なっ……！」

ポーターを擁護するような言葉に、俺は狼狽する。

ローレライは続けた。

「それはでも当然のことなんです。その冒険にどんなアイテムが必要なのか、どれくらいの量が必要なのか、それが見極められるということは、その冒険の難易度や敵の強さ、行程の長さ、休憩の頻度、自分たちの力量、天候や体調など、全てが見渡せていないとできないことなのですから」

だから、と少女は言う。

「それができるかたは、まさにそのかたこそ、パーティーのリーダーということになります。リーダーの資質をお持ちということになります」

「なっ……！　なっ……！」

俺は知らないうちにギリギリと歯ぎしりをしていた。気づかないうちに手もブルブルと震えている。

「あ、あの……だからこそ疑問なのですが、今回のアイテム配分についてはもちろんリーダーである勇者様が決められたのですよね？　それができないようなら、そもそも冒険に出ることなんてできないわけですから」

「うっ……」

俺は言葉につまる。具体的指示など何もしていなかったからだ。

「前回は完璧にされていたと思うのですが……。どうして、今回はできなかったのですか？」

ローレライはただただ純粋な疑問といった様子でキョトンと聞いた。

「何か、できなかった理由が、あったのですか？」

「たっ……！」

俺は絞り出すように言う。

「た、たまたま忘れていただけだ！」

「そうなんですか？　でしたら余計に心配です！」

「は？　し、心配？？？」

はい、と本当に心配そうな瞳で見つながら、ローレライは頷く。

「大森林に向かうのでしたら、『虫よけ香』は必須アイテムです。その配分を誤るわけがないんです。だとすれば、やはり、何か決定的に調子が悪い『理由』があるに違いありません！」

俺はその言葉に顔を真っ赤にし、ブンブンと首を振ると、

「だからたまただ！　というか虫くらい大したことないだろう！」

思わずそう怒鳴り返してしまう。

すると、

「あ、あの、大丈夫でしたら、その、いいんです……。そ、それにですね……」

ローレライは委縮したようにしながら、自分のバッグをごそごそと探り、

「いちおう、いざという時のために、自分用のを少しは持ってきています。そちらをお分けします。なので……そんなに怒らないでください」

「!?　そ、そんなもの……！　い、いらな……」

俺よりはるかレベルが下の冒険者から憐れみを受け取るわけにはいかない！

俺はその受け取りを拒否しようとするが、

「すまないな、恩に着るぞ、ローレライ」

は？

「虫だけは……虫だけは勘弁なのですわ。本当に助かりました。ありがとう、ローレライ」

デリアまで!?

「ホント、虫だけはアタシも無理なのよね。アンタを仲間にしといてよかったわ～」

プララっ……！

「僕も助かりました。ありがとうございます。今回の一件、ポーターとして成長できた気がします」

バシュータ、お前までか!?

(か、勝手に話を進めるんじゃねえぞ!?)

俺は余りのことにパクパクとあえぐようにする。

しかし、

「ようし、それでは進もうではないか」

「ええ、奥地までもうすぐですものね」

「さっさと倒して帰って、お風呂に入りたーい！」

「ええ、行きましょう」

「えへへ、喜んでもらえてよかったです～♪」

そう言って、俺などいないかのように、他のメンバー全員が先に進んでいく。

あろうことか、勇者である俺を忘れたかのように、行軍を開始しやがったのである！

「おい、俺抜きで話を進めるな！　おい！」

俺は怒りに打ち震えながら、彼らの後を追ったのであった。

大森林を順調に踏破した俺たちは、ワイバーンが居付いた湖のほとりまでやって来た。

茂みからその様子をこっそりと眺める。現在、討伐対象のワイバーンが1匹、ほとりでくつろいでいるようであった。


「さて、勇者様、作戦タイムですね。陣形とか色々確認しましょう」

ローレライがまじめな顔で言った。

だが、俺はフフンと鼻を鳴らすと、

「は、そんなものは不要だ」

そう言って首を横に振る。

「……えっ？」

ローレライは想像以上に驚いているようで、唖然とした表情をした。

俺は嘆息しつつ、

「たかだかワイバーン1匹程度、何とでもなる」

そう言うと、

「ふふふ、その通りですわ。私のナックルで吹っ飛ばしてさしあげます」

「防御は任せておくといい。こちらに攻撃して来たら俺が引き受けよう」

「私のファイヤーボール見せてあげちゃうから！」

デリアたちもそう声を上げた。

しかし、

「ま、待って。待ってください！」

なぜかギョッとした様子でローレライが言う。

「その方針には反対です」

はっきりと難色を示したのである。

「へ？」

まさか明確に反対されるとは思わず、知らず唖然とした声を出してしまう。

が、何を言われたか理解すると、

「いきなり何を言い出すんだ！　獲物は目の前だぞ！　あとはヤるだけだろうが!!」

ここまでの道程で散々な思いをした俺は、そのストレスから、つい怒りに任せて怒鳴り散らしてしまう。

だが、

「で、でも……」

ローレライはおずおずとしながらも、はっきりと意見を言った。

「もちろん勇者様たちなら楽勝の敵かもしれません。出発前の事前打ち合わせはしました。でもでも、だからこそ現場に来た時にもう一度考えなくては。絶対にイレギュラーが発生するのが冒険なのですから、想定と現実では絶対に差異が出ます。実戦前にもう一度、色々なケースを想定しておかなくてはなりません。それこそ、冒険者ギルドで最初に習うことでもありますし……」

　俺はその言葉を「ふん」と鼻で嗤い、

「イレギュラーが起こるのは当たり前だ。だが、俺の手にかかればどんな事態であろうとも恐るるに足らん。フッ」

　そう言い切る。

　しかし、ローレライは逆にその言葉にキョトンとして首を傾げると、

「どうして、今回に限ってだけは、計画を立てないのですか？」

　そう言ったのである。

「……え？」

　俺は何を言われたのか分からず、ポカンとする。

「いえ、前はとても緻密な計画を立案されてから、戦闘に挑まれていたではないですか？」

　その言葉に、

「そ、そうだったかしら？」

「いや、俺にはそんな覚えは……」

「あたしも記憶にないんだけど……」

　デリアたちは困惑するが、

「いえ、立てられていましたよ」

　と、なぜかローレライが断言する。

俺たち勇者パーティーは、反対に全員顔を見合わせて沈黙してしまう。

「勇者様たちに、こんな当たり前のことを言うのは、本当に今更かとも思いますが……」

と、ローレライは続け、

「クエストというのは個人の力だけで成し遂げられるほど単純なものではありません。むしろ、個々人の力というのは、正しい戦術があって初めて活きるものです。ゆえに、個人の力というのは、どちらかと言えば二の次だと、ギルドでは習いますよね？」

「へ？」

「個人の力が二の次って……」

「そ、そんなことあるまい！　この鋼の肉体の防壁を突破できる敵はいない！」

「私のファイヤーボールを馬鹿にするの!?」

「へ？　いえいえ」

ローレライは淡々と首を横に振ると、

「皆様の力を過小評価しているわけではないんです。単なる一般的な常識論ですよ。冒険者の中で戦術計画がどれほど重要視されているかお伝えしたかったのです」

「それに」と続ける。

「そもそも勇者パーティーがここまで戦って来られたのは、そして評価されている理由は、その戦術計画の緻密さにあったからじゃないですか？　だから、なぜ今回に限って、作戦をまったく練らずにボス戦に挑むのかと少々理解できなかったのです」

「は？　戦術が評価？？？？」

俺はポカンとする。何を言っているんだ？

「戦術計画？」

「緻密？」

「それで評価って……。は、初耳なんだけど？」

他のメンバーも同じ反応をした。

だが、そんな俺たちの反応に、

「え？」

ローレライが逆に驚いていた。

「そんなはずありません。一緒に旅をさせてもらった時もそうだったじゃないですか」

ローレライは思い出すようにしながら言う。

「あの《ベヒーモス》討伐。かのモンスターは最初冷気に弱いとされていましたが、追い詰めると形態変化し、様々に弱点を変える難敵でした。しかし、そんな難敵であっても、事前に観察することで性質を分析し、多様な戦術を事前に準備することで対応され、ついにかの《ベヒーモス》を打倒したのです。あの戦いで勇者パーティーは戦巧者(いくさこうしゃ)の評判を得ましたよね。そして、もしも、あのたくみな戦術シミュレーションがなければ、間違いなく全滅していたでしょう」

「そ、そうだったなぁ！」

俺はたまらず、ごまかすように笑いながら言う。正直、そんなことがあったのか、ほとんど記憶に残っていなかった。

だが、その時、ローレライは急に首を傾げて、

「あれ？」

と言った。

「あれ……あれ……？　でも……確か……、そう言えば、あの時はアリアケさんが各種耐性のある武器や防具を持ってきていたんですよね」

「!?」

俺はその言葉に目を剝く。

「あと、それに……、あの時も色々なケースについて、アリアケさんが説明していましたね。現場に到着してから色々な可能性をブリーフィングされていました。その時、皆さんは、うるさそうなお顔をされていましたが……。あれ？　あれ？　あれれれれ？」

ローレライは混乱したとばかりに首を傾げる。

「そのアリアケさんが、今はいない……」

ハッとして、大きな目をまん丸にした。

そして、ポンと手を打ち、

「も、もしかしてアリアケさんがいないから、勇者様たちは冒険が下手くそになっているのですか？」

などと言ったのである。

それはただ純粋な疑問とばかりに、そう言ったのであった。

その言葉に、俺たちはピシリとその場に凍り付いたのである。


ぷちん……。

ローレライの言葉に、俺は頭の中で何かがはじけるような音を聞いた気がした。

「う、うがあああああああああああああああああああああ！！！！」

頭が真っ白になり、知らぬ間に雄たけびのような声が俺の口から轟いていた。

「ゆ、勇者様!?」

「い、いきなりどうしたんだ!?」

「び、びっくりするじゃんっ……！」

誰かの驚く声が口々に聞こえてくるが、俺はなおも絶叫を続けていた。

「あの、勇者様。ボスを前に大声を出すなんて駆け出し冒険者でもありえないのですが……」

誰かの冷静な声が響いた。

その声は俺に比べてだいぶ幼い。

なのに、その落ち着いた言葉はひどく俺の心をえぐった。

「う、う、うううううううううううううううううぅぅぅぅ」

なぜか目の前がぼやけてしまい、見えなくなる。

熱いものが頬を流れていくのを感じた。

一体何が起こっているのだろう。

「ちょ、ちょっとローレライ！　もうっ……もう、やめてあげてよぅ!!」

誰かの悲鳴のような声が響いた。

「だ、大丈夫よ、勇者。勇者はちゃんとやってるわ。慣れないパーティーでの冒険だったんだもの仕方ないわよ。だからね、もう泣かないで……」

「う、うむ。そうだぞ。男には泣いて良い時もあるが、今はまだその時ではない。それは魔王を倒すまでとっておくのだ、勇者よ」

慰めるような声が聞こえた。それは俺の心を少し癒そうとするが……、

「あは♪　あーはははははははっはははははははははははっは♫」

「プ、プララ!?」

「お、お前っ……！　仲間がこんな状態になっているというのに……」

「ひひ、ひひひひ！　げらげら！　こーんな少女に泣かされた挙句に、慰められてやんの！　あっはっはー！　ざっまぁあああああああああああ！　私の味わった屈辱の何分の一かでも味わうといいんだわ!!」

女の嘲笑は続く。

「ヘボ勇者！　泣き虫勇者！　役立たず！　聖女に逃げられた間抜け勇者！　弱虫毛虫！　やーいやい！　私たちがいなきゃなんにもできないのに粋がってるだけのクソ勇者！！！！」

「な、仲間のピンチになんてこと言うの!?　は、恥を知りなさい！　このヘボ魔法使い！！！」

「そうだ！　そもそもお前のせいでこんなゴミクエストをする羽目になったんだぞ！　全部間抜けな貴様のせいではないか！　お前のような下級魔法使い、俺たち幼馴染パーティーでなければ誰も絶対に使ってやらんぞ！」

「クソも間抜けもあんたらのことじゃん！　仲間を囮にして逃げたゴミどもじゃん！　女を置いて逃げたクズ男どもがどの面下げて言ってんのよ！」

「む、昔の話を何度も蒸し返すな！　本当にお前は昔からねちっこくてっ……！」

だが、その時である。

「つ、つきあってられるか！　こんなクソパーティー！　俺は帰らせてもらうぞ!!」

突然の声が響き、脱兎のごとく男が背を向けて駆け出した。

「「なっ!?　バ、バシュータ!?」」

仲間たち全員の驚きの声が響く。

「ポ、ポーターに逃げられたなんて知られたら、最低パーティーの汚名の上塗りよ!?」

「またあらぬ噂を立てられてしまうぞ!?」

「と、取り押さえないとじゃん!?」

だが、その時、更に焦った声で少女……ローレライが警鐘を発した。

「そ、それどころじゃありませんよ！　ワイバーンが動き出しました！　勇者さんはじめ、皆さんが絶叫しまくって、うるさかったからですよぉ!?」

悲鳴のような叫びを上げる。

「み、皆さん、早く戦闘準備をっ……！」

そう言って全員に警戒を促すが……。

「……う、動きの速いデリアはバシュータを追え！」

「は？」

ローレライの唖然とした声が響く。

「わ、分かったわ！　殺したらいいのね!?」

「馬鹿！　殺したらまた人殺しパーティーなどと陰口を叩かれる！　やむを得ん！　生け捕りにするんだ！」

「分かったわ!!」

「え、えええええええええええええ!?　ボ、ボスの前で戦力を分散なんて!?　何を考えているんですかぁああああああああああああ!?」

ローレライは大森林に入って初めての絶叫を上げる。それは余りにも信じられない光景を見たことによる心からのもののように思えた。

「う、うるさいぞ！」

「こっちにも色々あるのよ！」

そう言いながら、女は悲愴な表情で逃げたポーターの後を追った。

「こ……こんなのが……」

その声は絶望に満ちていた。

「こんなのが勇者パーティーだなんて……」

そして、その怨嗟のごとき失望の声が、俺の最後の理性の灯を消し去った。

「うっがあああああああああああああああああああああああああああああああああああああ！」

無意識に俺の口から咆哮が溢れる。

「うおおおおおおおおおおおおおおおおお。許さねえ!! 許さねえ!! 俺は勇者だぞ！ 俺を馬鹿にするな！ 俺を嗤うな！ 俺をあざける奴らは全員いなくなれえええええええええええええ!! うわああああああああああああああああああああ」

「ゆ、勇者!? す、少しは落ち着け!! お前は本当に村にいた頃から怒ると見境がなくなるって!? この馬鹿、《ファイナル・ソード》を放つ気か!?」

「ファ、ファイナル・ソードってなんですかぁ!?」

「剣に込めた魔力を暴走させて、周囲一帯を薙ぎ払う勇者究極奥義の一つだ！ だが、俺たちもこのままでは巻き込まれるぞ!?」

男の悲鳴に、

「あ、お腹痛くなってきちゃった。んじゃ、そういうことで！」

女の声が聞こえたかと思うと、やはり脱兎のごとく駆け出す。

「プララ、貴様ずるいぞ！ ……俺が先だぁあああ！」

「え、えええええええええええ!? 放置するんですか!? ダンジョンとはいえ、この周囲一帯は良質な狩場ですよ!? 崩壊させたら只じゃすみません!!」

「「命大事に、だ（よ）!!」」

そう二人が叫び返した瞬間である。

「うおおおおおおおおおおおおお!! 究極的最終崩壊（ファイナルソォオドォオ）いいいいい!!」

周囲一帯を焼き尽くす膨大な熱量が放たれたのであった。

「こ、こんなのが勇者パーティーだなんてえええええええええええええ!?」

そんな木霊が周囲一帯に轟いたのであった。

《ファイナル・ソード》によってボロボロになった俺たち全員は、駆けつけた憲兵たちによって取り押さえられラクスミーの街へと連行された。

連行されるや否や『牢屋』へと放り込まれる。

ガッシャーン!

という鉄格子の閉まるけたたましい音が響いた。

鉄格子の向こうでは担当の看守が侮蔑の表情で、冷ややかな視線を俺たちへと向けていた。

「くそ! 出せ! 俺は勇者なんだぞ!? どうして、こんなところに捕らわれなくちゃならないんだ! 冤罪だ! 許されることじゃないぞ! うお! うおおおお!!」

俺は余りに不当な扱いに鉄格子をガンガンと叩きまくる。

《ファイナル・ソード》でワイバーンを倒し、街を救った英雄に対する扱いでは絶対にないと抗議したのだ。

「そうよ、そうよ！　どうして牢屋になんて入らないといけないのよ!?　街を救うために私たちはできる限りのことをしたのに!!」

「その通りだ！　ワイバーンの脅威から未然に防いだのだぞ！　迎えられるべきは牢屋ではなく、感謝の宴ではないのか!?　さっさとここから出せ！」

「そうだよ！　アタシたち勇敢に、必死にワイバーンと戦ったのにさ！」

デリア、エルガー、プララも抗議の声を上げた。

しかし、看守は眉根を寄せると、

「何を言っている。この呆れた犯罪者どもめが」

そう冷徹に言ったのである。

「は？」

俺はその言葉に唖然とする。

「ゆ、勇者の俺が、は、犯罪者だとっ……!?　お前、言っていいことと悪いことがあるぞ！　この勇者をつかまえて犯罪者だなんて！」

「私は勇者パーティーの一員なのよ!?　超エリートなのよ！」

「うむ！　この世界の盾たる俺をつかまえて犯罪者だと!?　許されることではないぞ！」

「少なくともアタシは無実だし！！！」

看守のありえない罵倒の言葉に、俺たちは猛然と反論する。

だが、

「街の重要な資源を消滅させておいて何を言っている！　この勇者とは名ばかりの犯罪者パーティーが！　聞いているぞ、呪いの洞窟でクエストを失敗したらしいじゃないか。その時は仲間を放っておいて逃げたらしいな！　そして今回は重要な冒険者たちの狩場を破壊した。街のインフラの破壊だぞ！　殺人未遂にインフラ破壊！　そんな奴らが犯罪者以外の何だと言うんだ！　この犯罪勇者パーティーが！」

看守が改めて怒声を上げて俺たちを罵倒した。

はぁ、と看守は自分を落ち着かすように首を横に振ると、

「これだけの犯罪だ。すぐに刑が確定するだろう。ま、二度と檻から出られないかもしれんが、犯罪を犯した者として、しっかりと更生することだ」

「くそっ！　ちくしょう……何てことだ。ちくしょう……」

俺は悔しくて歯ぎしりする。

と、その時である。

「看守さん？　看守さん？」

ローレライが穏やかな声で看守に呼びかけた。

「何かね？」

看守が反応した。

きっと、ローレライも俺を擁護しようとしてくれるんだろう。

「……看守さん。私は、皆さんを止めました」

「……は？」

俺はローレライが突然何を言ったのか理解できず、思わず変な声を上げてしまう。

だが、ローレライは気にせず言葉をつづけた。

「今回の一件は、勇者様が暴走したことが原因です。しかも、私は、わが身を省みずに止めようとしました。被害がこの程度で済んでいるのは、私の少なからぬ犠牲があったからだと思います」

「こ、この子、自分だけ助かろうとしてるわよ!?」

デリアが叫び声を上げるが、ローレライは表情すら変えない。

看守はローレライの言葉に首を傾げた。

「確かに君の名前は、聞いていた勇者パーティーのメンバーには入っていない。だが、冒険者ギルドで勇者パーティーに入ったとの情報があるのだが？」

そう厳しく言ってから、

「君は彼ら勇者パーティーの仲間ではないのかね？」

鋭く質問したのである。

「あ、はい、全然仲間ではありません」

だが彼女はあっさりと即答したのであった。

「え、あ、そ、そうなのか……？」

余りにもためらいのない回答に、少し引きながら看守は言った。

一方の俺は余りのことに怒りに打ち震える。

「は、恥を知れ!! ローレライ! 仲間を売るなんて! そんなのは最低の奴がやることだ! なぁ、お前ら!!」

そう叫んだのである。

すると、デリアも頷きながら口を開く。

「……あの、私も勇者を止めようとしました」

「えっ?」

言われた意味が分からず、俺はまた変な声を上げてしまう。

「止めきれなかったことの責任は感じておりますが、勇者様の力は私たちに比べて飛びぬけております。被害を縮小化させるだけで精一杯だったことをご理解ください。そして……」

少し咳払いしてから、

「私より強い勇者様を止めるために、自分の身を削ってボロボロになった私は、ある意味、『被害者』であることをご理解ください」

「お、おま……お前……」

余りのことに言葉が出ない。

すると、エルガーも口を開く。

「ええ、デリアの言う通りです。俺も全力で止めようとしたんですが。そう、バシュータ殿と一緒に。そうだったな？　バシュータ殿」

　バシュータは一瞬考えるそぶりをしてから、

「…………………………はい。そうです」

　は？　俺は更に混乱する。

「このように中立である雇ったポーターの証言もあります。決して犯罪行為に加担したわけではありません。むしろ、俺たちは暴走する勇者を止めようとしました。つまり犯罪者側では決してないのです。このことは調書に明記頂けますか？」

　プララも遅れまいとでもいうかのように早口で、

「あたしも一緒です。一度ダンジョンに置き去りにされたにもかかわらず、今回暴走する勇者を助けようと尽力したんです。自分で言うのもなんですが人道的な行動ですし、情状酌量の余地があるのは明白だと思います！」

　看守は俺の方を憐れむような視線で見下ろしながら、

「……つまり犯罪を犯したのは『加害者』のこの勇者だけであり、他のメンバーはむしろそれを防ごうとした『被害者』ということか？」

「「「「その通りです！」」」」

　俺以外のメンバー全員が声をそろえて断言した。

「こ、この裏切者たちがああああああああああ!?」

　俺は血涙を流しながら絶叫する。

信頼する仲間たち全員に裏切られたのだから当然だった。

しかし、裏切った仲間たちはどこか憐れむような表情をしている。

「大丈夫よ勇者。落ち着いて。また会いに来るわ。だからしっかり罪を償って」

「ああ、そうだぞ。俺たちは幼馴染じゃないか。決して裏切らない」

「あたしも、色々あったけど、溺れる犬を叩こうとは思わないよ。勇者は今回の件の反省してちゃんと更生するんだよ？　応援してるから」

「お元気で、勇者様。一緒に旅ができたこと（ある意味）忘れません」

「さようなら勇者さん」

パーティーメンバー全員が言った。

「う、うがああああああああああ！　お前らぁああああああああああああ!?」

俺は絶叫する。

俺だけを犯罪者に仕立てるために、一瞬で口裏をあわせた邪悪なこいつらに、ありったけの憎しみの声を上げた。

その声はこの牢屋の並ぶ地下施設に大きく響き木霊する。

と、その時であった。

「まったく、何を騒いでおるのか」

その声はどこかよく響く抑揚を持つ男のものであった。

「ああ!?　あなた様は!?」

看守が背筋を伸ばし、気をつけの姿勢になる。

その男が鉄格子の向こうに現れた時、俺は思わず目を丸くしてしまった。

「あ、あんたは……なんでここに!?」

その男はゆっくりと頷いた。

「ふむ、ちょっと近くに用事があったものでね」

そう言いながら、その男は次の瞬間には看守に鍵を開けるように命じる。

看守は命じられるままに、あっさりと俺たちを解放したのである。

その男の名は『ワルダーク』。

このグランハイム王国の宰相である。

初対面だが顔くらいは知っている。

「実は君と少し話がしたくてね」

「俺と……?」

いきなりなんだ?

だが、とにかくこうして俺たちは突然現れたこのワルダーク宰相によって牢屋から解放されたのである。

そして、俺たち勇者パーティー全員へ、王城への出頭命令が下ったのだ。

4・5、聖女さんの入浴

「はぁあぁ、アリアケさん会いたかったです～。あなたのアリシアですよ～。大聖女さんですよ～？　一緒に夜景を見に行きましょう。膝枕して差し上げますからね～。ふわふわですよ～。うふふふふふふ」「アリシアよ……」

美しい白い毛並みの子犬の口から人語が発せられました。

フェンリルさんです。

「毎夜毎夜、宿の湯船で妄想を垂れ流すクセは何とかならんのか？」

呆れた声を上げます。

「しょうがないじゃないですか。完全にアリアケさん成分が切れてしまってるんですよ～」

「やれやれ、難儀な聖女であることよ」

ため息を吐かれてしまいました。

でも、いいんです！

私には分かります。

アリアケさんはもうすぐ近くにいます！

来てます、来てますっ……！

聖女レーダーにびんびん来てますからっ……！

「待っててくださいね！　アリアケさん！　あなたのアリシアがすぐに参りますからね〜」

私の思いがお風呂場に響くのでした。

5、オルデンの街の貴族

エルフ族を滅亡の危機から救った俺たちは、名残惜しそうにするエルフたちと別れ、オルデンの街に到着していた。

「ファンクラブを作ります！」

などと、エルフの姫であるセラは言っていた。もちろん冗談だろう。

今はとりあえず、コレットと一緒にぐるりと街を見て回ろうとしているところだった。

パッと見たところ綺麗な街だ。ゴミ一つ落ちていないし、身なりも整った者しかいない。

「今までの場所と違って、ずいぶん綺麗な街じゃな。なんだかちょっと落ち着かんわい」

「同感だな。少し綺麗すぎる」

「綺麗すぎる？　旦那様、綺麗ではいかんのか？」

「ダメなわけではないさ。ただ、ならば汚いものはどこに行ったと思う？」

「汚いものの行方とな？」

？？？を頭の上に浮かべるコレット。

「ここを治めているのはグロス家という伯爵貴族だったはずだが……。おっと噂をすれば、か」

目抜き通りをしばらく行ったところに目立つ舞台が設置されていた。

その壇上には一人の金髪を長く伸ばした、いかにも貴族然とした恰好の青年が熱弁をふるっているところであった。

「選ばれし諸君！　日頃からこの街の発展に貢献してくれること、このハインリッヒ、誠に嬉しく思う。ここに礼を言おう」

輝く碧眼を集まった聴衆に向けながら、口元には微笑を張りついている。その姿は堂々としたものだ。だが、どこかその目は常に人をさげすんでいるかのような、人を見下ろすかのような目であった。

「きゃー！　ハインリッヒ様!!　かっこいい!!」

「本当に美しく非の打ちどころのない御方ですわ！」

「まさに貴族の中の貴族って感じだわ」

女性たちの黄色い声援が飛んでいた。

若い女性たちに人気があるようだが……、

「ところでコレットはああいう男性はどう思うものなんだ？」

何となく聞いてみた。

「は？　何がじゃ？」

だが、コレットはポカンとした表情を浮かべる。

「いや、何がというか。あの男だ。なかなか貴公子然としているだろう？　カッコいいとかは思わないのか？」

「あの小童か？　思わんが？　いや、待つがよい。そうじゃな、うむ。わしの炎で焼いてやると、他の者より油がのっていてこんがりいきそうじゃなぁ、とは思ったぞ！」

「なんでも焼け具合で判断するのはやめんか」

コレットにとってはただの小僧扱いらしい。

「そ、それにじゃな」

「ん？」

どこかモジモジとした様子でコレットがぼそぼそ言う。

「旦那様を見てたら、他の男など目に入れる必要などないのじゃよ…………」

「ん？　どういう意味だ？」

俺は首を傾げた。

「ええ……、今ので伝わらんとか、ないわー」

コレットが何かに驚愕しているようだが、よく分からなかった。

そんな間にも、貴族ハインリッヒの大仰な演説は最高潮を迎える。

コレットとおしゃべりしてしまったため、あまり聞いていなかったが、おおよそ言っていたことは……。

『貧乏な者たち……特に獣人などに多い非納税者の取り締まり強化』

『またそういった者たちは力の強い者たちが多く、犯罪者になりやすく脅威となるため、集中的に取り締まる』

『スラム街を一掃する』

といったところか。そして、それによって得た財源で街の生活を一層潤わせる、といった内容である。

一見、治安を良くするなどと、もっともなことを言っているように聞こえはするが……。

「旦那様、今の内容って」

「ああ、どれも弱い者……特に獣人たちを排除する政策ばかりだな」

俺は嘆息する。

ここに集まっている住人たちは富裕層ばかりなのだろう。だからこそ、ハインリッヒの言葉を歓迎する。

だが、罪を犯す理由や、貧乏になる理由は、なにも個人によるものばかりではない。ハインリッヒの政策では、そういった者たちの人権を一切認めずに排除しようというものだ。彼らがこの街でどういった扱いをされているのか、察しがついたような気がした。

「では、いつものように陳情を聞く時間としたい。各区の代表者は順番に、この私に陳情内容を述べるがよい。ふっ」

どうやら、この場で街の住人たちの意見を聞く流れらしい。

一人の男が手を挙げた。

「はい、セグスタ区の者です。最近盗難が増えており困っております。何とかご対応をお願いしたいと思います」

すると、その言葉に傍にいた兵士が、

「そんなことは区の中で解決すべきだろう！　ハインリッヒ様に訴えるべき事柄ではないぞ！　無礼者が！」

と怒声を上げる。

しかし、

「やめよ！　領民の安寧こそが我が望みである！　それがたとえ窃盗程度のことであっても、困りごとに大小などない！」

「はっ……はは！　失礼致しました。ハインリッヒ様のご寛大な御心を拝察することもなく出過ぎたことを致しました！」

「よい。そなたの私を貴(たっと)ぶ気持ちもよく理解しておる。今後も忠節に励むように」

「ははー」

部下を説き伏せた姿に、聴衆からは感動したかのように、自然と感嘆や拍手が漏れた。

「分かりやすい演技だなぁ」

一方の俺は余りの大根役者ぶりに呆れていた。しかも、今の演技の目的は単に住人たちの称賛を浴びるというだけだ。つまり、自尊心を満たすためだけの行為なのである。

そんな呆れる俺とは別に、壇上のハインリッヒは盗難対策を語り始めた。

「盗難が増加している原因は明らかだ。獣人たちがのさばっているために、あなたたちの生活が脅かされている。汚らわしく、金もない彼らを徹底的に排除し、美しく犯罪のない、皆にとって住みよい街をつくる。今後より一層、獣人廃絶の施策を推進していきたいと思う！」

その言葉にも聴衆たちの声援が飛んだ。

「そうだ！　俺たちの暮らしが良くならないのは獣人どものせいだ!!」

「追い出せ！　奴らに俺たちの暮らしを壊させるな！」

「汚らわしい獣人たちめ！」

住人たちの反応に、ハインリッヒは微かに笑った。

一方、隣のコレットが首を傾げる。

「旦那様、獣人が原因と言っておるのじゃ？　本当なのかのう？」

「いや、全然違うな」

俺は即答する。

「なぜなら、この街の獣人の人口比はそれほど多くない。その獣人たちの盗難など微々たるものだろう。あれは単に、獣人たちに偏見を持っているだけの差別主義者だな」

「なるほどのう。さすが旦那様なのじゃ。全てお見通しなのじゃなあ。やはり旦那様が政（まつりごと）をすればよいのにと思うぞ」

「それはそうだろうが……」

俺は頷く。無論、俺がやれば解決することはたやすい。だが、

「彼らのような只の一般人たちが、自分たちで壁を乗り越え、成長して欲しいのさ。神が手伝えば人は進歩しないのは分かるだろう？」

「確かに。貴族どもが旦那様の期待に応えられるのかどうか、ということか」

「歯がゆいものだがな」

俺は思わず苦笑した。

持つ者であるがゆえに、持たざる者たちと一緒のレベルで悩んでやることができないのだ。

そんな風に、俺とコレットが言葉を交わしているうちに、次の陳情へと進む。

「次の者！」

「はい。私はこの街のギルド長です。実はまた『冒険者キラー』が出現しました。もう今月になり10人の冒険者がやられています！　なにとぞ、この賊の討伐をお願いします！」

「冒険者キラーか」

ハインリッヒは頷くと、

「これに関しては皆に謝らなければならないだろう。冒険者キラーが、この街が管轄するダンジョン『煉獄神殿』に出没するようになってから1年。私が直々に討伐へと赴いてはいるが、いまだその尻尾すらつかめていない。……だが、約束しよう。必ず賊は捕まえると！　冒険者の中の不届き者を必ずあぶり出し、首を刎ねると！」

「さすがハインリッヒ様だ！」

「お願いします！　ハインリッヒ様！」

「私たちの街をお救いくださいい!!」

その威勢の良い言葉に、大衆は更に熱狂する。

だが、その中で唯一俺は首を傾げていた。

「今のやり取り、少し妙だな」

「ほへ？　そうじゃったか？」

コレットもさすがに気づかなかったらしい。

「コレットもゲシュペント・ドラゴンの末姫なら学ぶのもいいかもしれんな。いいか、コレット。人間というのは多弁な者ほど、何かを隠しているんだ。特に彼のように差別や偏見で思考がこりかたまってしまったような者にはな」

コレットは目を尊敬の色に輝かせながら、

「旦那様はすごいのじゃ。あ奴の言葉のどこが変じゃったのか教えておくれ！」

「宿に戻ったらな。それまでは考えてみることだ。宿題だな」

「むむむ！　頑張って解くのじゃ！　じゃ、じゃが気になるのじゃ～！」

そんな風にコレットが頭を悩ませていた時だ。

それは偶然か。

俺の視線とハインリッヒの視線がぶつかったのである。

いや、演説者は案外、観客をよく見ているものだ。特にハインリッヒのように人の目を気にする、自尊心の塊のような男は。

ゆえに、この大勢の大衆たちの中で、唯一熱狂せず落ち着き払った俺たちは、目立ってしまっていたのかもしれない。

これは、ある意味俺にとって盲点であった。

冷静であるからこそ目立ってしまうのだから。

そういう意味で、このハインリッヒという男にも、反面教師的とはいえ、値打ちがあったということだろう。

「おお、おお！　貴様は、えーっ……。確かアリアケ・ミハマだな！　あの勇者パーティーを追放になったという！」

ハインリッヒは突然、周りに聞こえるように大声で言ったのだった。

「ああ、あの！」

「勇者パーティーをクビになった無能者か！」

「わははは！」

一般人たちの笑い声が響いた。

「おいおい皆やめないか。ふっ、彼なりに一生懸命やったのだろう」

嘲笑のように唇を歪めながら言う。どうやら、俺を嗤い者にすることで、自分を大きく見せたいということらしい。

そして、急に閃いたとばかりに頷き、その唇を歪めるように笑うと、

「くくく、せっかく勇者パーティーの元メンバーがいらっしゃったのだ。少し時間があるゆえ、私

がじきじきにこの素晴らしき街を案内して差し上げようではないか！」

そう言って髪の毛をかき上げたのである。

「おお、さすがハインリッヒ様だ！　追放された無能にさえ寛大だなんて！」

その声に、ハインリッヒは満足げに笑っていた。なるほど、またしても人気取りの一環というわけか。

俺はコレットにぼやいた。

「くだらないことに巻き込まれてしまったなぁ」

「わしは旦那様と二人っきりが良いぞ？　焼いてしまってもよいか？」

「貴族の丸焼きか……」

さげすんだ顔で見下ろしてくるハインリッヒを見る。彼が丸焼けになるかどうかが、俺の返事一つで決まるのだから、同情せずにはいられない。

なので、俺は少し考えてから、

「まあ、案内してくれるというのなら、してもらうとしよう。どうせ街を見て回るつもりだったんだ」

いかにくだらない貴族であろうとも、丸焼けにするのは可哀そうだ。

それに、と俺は誰にも聞こえないほどの声でつぶやく。

「それにこの街の汚いものを、ハインリッヒ……お前が一体どこにやったのか、気になっていたからな」

俺とコレットは貴族ハインリッヒに連れられ、街を案内されていた。

この男は注目を集めるのが好きらしく、周りを屈強な兵士たちに囲まれながら街中を闊歩していた。

平伏する住民たちを見て悦に入っている。それによって自分の権力や名声を確認しているのだろう。

「ふっ、どうですかな。我が街の素晴らしさは。美しさに目が覚めるような気持ちでしょう」

「確かに美しいが、それほど単純ではないだろう。貧しい者たちや病める者たちはどうしているんだ？」

「はぁ？」

ハインリッヒは馬鹿にしたように片眉を上げる。

「そんなカスどもなどどんどん駆除してしまえばいいのですよ。なあに、領民など掃いて捨てるほどいるのです」

「それに領民は納得しているのか？」

「ええ、もちろんですよ」

にやりと笑うと、

「貴族である私の意向こそが法律なのですから。それに従えない者は領民ではありません」

当然のように言った。

と、その時、路地裏からフラフラと薄汚れた男が俺たちの前を横切ろうとした。結構な距離があり、決して道を塞ぐようなものではなかったが、目ざとく見つけた兵士たちが怒声を上げる。

「無礼者め！」

「ひっとらえて牢に放り込むぞ!!」

「ひ、ひぃ!? お、お助けを！ 知らなかったのです！ まさか貴族様がお忍びでいらっしゃるなどと……」

みすぼらしい男は狼狽し、釈明する。

だが、ハインリッヒはゴミを見るような目をしたかと思うと、

「汚らわしい。誰が口をきいて良いと言った？ それだけでも万死に値する。構わん、この場で切り捨てよ」

「ははっ！」

そう言って兵士たちがその浮浪者へ迫ろうとする。

しかし、

「ひ、ひぃい!?」

「あっ、待て！ くそ、何という逃げ足の速い……」

先ほどまでフラフラとした足取りだった男が、なぜかいきなりすさまじい速度で退散したのである。とても追いつけるような速さではない。

これにはハインリッヒが驚いた表情を浮かべるが、

「ふ、ふん。ゴキブリは逃げ足だけは速い。だから害虫は嫌なんだ」

そう不満そうに言うと先を進み始めた。

「やれやれ」

もちろん、男の速度が上がったのは、俺が機転を利かせてコッソリとスキル《素早さ向上》を使ったからである。

「ところで」

そう言って、ハインリッヒはこちらへと振り向いた。

その視線はコレットに向かっている。

「お嬢さんは大変お美しいかたですな。どうですか、このような勇者パーティーを追放になった男などよりも、この大貴族にして将来は公爵すらも夢でない、このハインリッヒ・グロスの元にいらっしゃっては？　もちろん、何不自由はさせませんし、大貴族に囲われればこれほど名誉なことはない。あなたにとってメリットしかない話だと思いますが？」

貴族である自分の申し出が断られるはずはない、という感じで言った。

だが、

「冗談は顔だけにしておくがよい」

「……は？」

ハインリッヒは何を言われたか分からないようで、間抜けな声を上げることしかできない。

「そなたの稚拙な言葉、思考、行為。どれを比べて旦那様より優れているのか、わしには一向に分からぬ。為政者としても三流。お主に何一つ、わしは魅力を見出しておらぬ。せいぜい、その見当はずれな自尊心を一生涯かけて大事に守るがよかろう。それに、わしにはとても貴族などという不自由で面倒な罰のごとき仕事はできぬよ。そんな仕事はお前がやっておくがよい。それがお主にできるワシへの唯一の奉仕じゃよ。小僧」

その言葉に、ハインリッヒの顔が引きつらせ、ぎりぎりと歯噛みしながら、

「こ、こんな男のどこがいいと言うのだ！」

しかし、コレットは嘆息すると、

「それが分からぬようでは、勇者パーティーの奴らと一緒じゃなあ」

鼻で嗤うように言い返した。

だが、ハインリッヒは少し黙り込むと突然笑い出し、

「ふ……ふはははははは！　どうやら。どうやら私の権力の大きさがまだまだ伝わっていなかったようですね！」

そう言って、

「ちょうどいい。これからちょうど罪を犯した獣人の刑が公開で行われる予定だったのです。いかに私の力が大きいか見てもらいましょうか！」

俺たちを街の広場の方へと案内し始めたのである。

そこには人だかりができていて、鎖につながれた獣人の兄妹がいた。すでに相当痛めつけられた

様子が見える。

周りを囲んでいる数十名の兵士たちの手には、石が握られていた。

「くっくっくっく！」

ハインリッヒが醜悪な表情で嗤った。

「あの獣人どもは私の政策に異議を唱えた冒険者の兄妹です。汚らわしい獣人が貴族を批判するなど許されない。ゆえに私の指示でこれから石打ちの刑を執り行います。この街で私に逆らえばどうなるか、思い知らせてやりましょう」

そう言うと、手を振り上げ、

「やれ！　お前たち！　手加減は無用だ！」

その号令とともに、集まっていた兵士たちが石を兄妹に投げつける。

だが、

「な、なに⁉」

兵士たち、そしてハインリッヒから驚愕の声が漏れた。

投げられた石がまるで壁にぶつかったかのように、体に当たった途端、高い音をたてて跳ね返されたからである。

それはもちろん、

「《回数制限無敵付与》、《物理耐性獲得》、《防御力アップ》、《ダメージ軽減》。やれやれ……」

俺がスキルを兄妹にかけたからである。

「くっ!?　き、貴様、この貴族の私の邪魔をする気か！　この勇者パーティーを追放になった無能者のくせに！」

ハインリッヒが叫ぶように言う。

俺はその言葉に嘆息しながら、

「では、その無能者に邪魔されるようでは大したことがないな。お前子飼いの部下の力とやらも」

「なっ……。ふ、ふん！　たまたま防げただけだろう！　それに部下たちも油断していたに違いない！　でなければ、貴様のような無能者に、我が部下たちの何十もの投石が防げるはずがないんだ！」

そこまで言うと、ハインリッヒは、少し落ち着いたのか、再び馬鹿にしたような表情になる。

「貴族に逆らってまで、汚らわしい獣人を助けるとは。本当に愚か者だな、貴様は。どうなるか覚悟しておくがいい」

だが、俺はその言葉に吹き出す。

「俺の目の前にこそ、汚らわしい獣がいるようだが？」

その言葉に、ハインリッヒは真っ赤になる！

「無礼な！　絶対に死刑にしてやる！　だが、まずはお前の鼻を明かしてやろう！　お前が助けた兄妹が無様に死ぬ様子を見せてやる！　そら、これでどうだ！」

兵士たちの一部が俺たちを襲おうと向かってくる。そして、残りの兵士たちは獣人たちへ再び投石を行う。

「自分と獣人たち、どちらも守ることは不可能でしょう！　はーっはっはっは！」

哄笑が響く。

だが、

「いや、俺の助けはもう必要ない」

バキーン！

獣人たちへ投石された石が、全てその手前で撃ち落とされた。

あれは結界術だ。

「な、なにぃ!?」

ハインリッヒの驚愕の声が響く。

だが、醜い悲鳴を打ち消すような美しい声が響いた。

「これは一体どういうことですか、ハインリッヒ卿」

ざっ、と獣人たちの兄妹の前に一人の少女が立ちふさがった。

その少女は美しい長い金髪と碧眼を持っていた。神々しいまでの美貌とまさに神の祝福がもたらす福音により常人には持ちえないオーラをまとっている。ほとんどの上級回復魔法がなかば伝説と化したこの時代の中で、蘇生魔術すら使いこなす彼女はまさに伝説級の聖女と言われている。

それゆえに、世界中にその名をとどろかす偉人的存在。

「だ、大聖女……アリシア・ルンデブルク様……だとう!?」

そこには数週間前に別れたはずの、勇者パーティーの要たる、大聖女アリシアが立っていたのである。

「これは一体どういうことなのかと聞いているのですよ、ハインリッヒ卿」

アリシアは淡々と言う。

その様子に周りの兵士たちはもちろん、住人たちも多数集まって来る。

衆人環視の場で審問が行われているような状況になる。

「我が国教『ブリギッテ教』はあまねく種族の差別を禁じています。あなたはそれに反している。

更に……」

アリシアは続ける。

「亜人排斥の政策をとっていると本部より連絡がありました。これは我が教義に反している、と。何か異論がありますか？　ハインリッヒ卿よ」

「ぐ、ぐぐぐ。こ、こんな場所で審問を行うべきではないでしょう。ば、場所を移しませんか？　大聖女様」

ハインリッヒが焦った様子で言う。彼のような自尊心の大きな人間に、このような住民たちが見ている前で大聖女に審問を受けるなどというのは、屈辱以外の何ものでもないのだ。

「そ、それに！　汚らわしい獣たちを幾ら殺そうがかまわないでしょう！　ここは私の領地だ！　領民をどうしようが、貴族の権限であり、教会と言えども口出しはやめてもらおう！」

何とか調子を取り戻そうと、貴族としての権力を振りかざして抗弁しようと試みた。

だが、

「ほう。それは我がブリギッテ教会への正式な回答として受け取ってよいのですね？」

「え？」

ハインリッヒが何を言われているのか分からないといった風に声を上げた。今まで貴族という傘に守られていたから、こうやって更に強大な権力の前で振る舞うことに慣れていないのだろう。哀れなものだ。

「堂々と、我が教会の教義に異議を唱えたと、私が教会に報告すればどうなるか。分かっているのですか？　あなたは最悪『破門』ですよ？」

「なあっ!?　は、破門!?　この私が!?」

そう、大聖女の肩書は伊達ではない。

彼女はその実力により、教会内で幹部であり、教皇第3位の地位にある。

「お、おい、破門されるぞ、あのハインリッヒ様が……」

ざわざわと住人たちが騒ぎ出す。

異端審問を受け、破門されたなどとなれば、いかに貴族であろうと、その権勢は地に落ちる。

たかだか伯爵程度では到底教会の権威に逆らうことなどできないのだ。

「ぐ、ぐぎぎぎ」

ハインリッヒは奥歯をギリギリと噛みしめるが、自分が今どんな立場にいるか痛感したようだ。

「わ、分かった。先ほどの発言は撤回する……。いいえ、致します」

そう悔しそうに言った。

「いいえ。それだけでは足りません。この獣人の兄妹へ、ちゃんと謝罪しなさい」

「じゅ、獣人にっ！　く、くぅううう」

今度こそ血の涙を流しそうなほど、顔面を険しく歪めながら、

「す、すみませんでした」

そう言って謝罪する。

やれやれ、これで一応、一段落かな？

俺がそう思った時である。

「あと、そちらのアリアケさんにも謝罪なさい」

「……はい？」

俺は首を傾げる。

一方のハインリッヒも、

「は？　な、なぜこんな勇者パーティーを追放になったような無能にまで……この私が……」

そう言って抵抗しようとする。

だが、アリシアはなぜかその時、もう一段声のトーンを落として、

「分からないのですか？　アリアケさんが穏便な方法で、あなた方が獣人たちに投げた石を防いでいなければ、今頃あなたは破門になっていたのですよ？　それに、アリアケさんならばあなたを直接どうにかすることもできたはず。それをしなかったアリアケさんに感謝しなさい」

そう言って、今までにないプレッシャーをハインリッヒにかけたのであった。

「こ、こやつにそんな力があるわけが……。く、くそ。とにかく、も、申し訳ありませんでした」

そう言って頭を下げる。

「これで宜しいですか？　アリアケさん？」

いつも通りのクールな表情で、彼女は俺に言った。

「あ、ああ……。まあいいさ。許してやろう、ハインリッヒ。貴族としてまだまだお前は未熟にすぎる。しっかりと学び、今日のような馬鹿な真似を繰り返さないようにしろよ」

「ぐ、ぐぎぎぎ……。あ、ありがとうございます……」

ハインリッヒはそう言うと、悔しそうな表情で足早にこの場を去って行ったのである。

やれやれ、やっと一段落か。

俺は嘆息する。

と、その時である。

「ところで、アリアケさん……」

アリシアが俺を呼んだ。

まあ、久しぶりの再会だ。どうしてここにいるのか分からないが、積もる話もあるだろう。

俺は彼女へと振りむく。

すると、アリシアは微笑みながら、

「そこの、可愛いお嬢さんは、どなたですか？」

そう言ってコレットを指さしたのである。

久しぶりに見る聖女の笑顔だったが、それは普段のクールな表情より、なぜか一段と迫力があったのだった。

～アリシア視点～

「初めまして、と言うべきじゃろうな。わしはコレット・デューブロイシスじゃ」

「こちらこそ宜しくお願いします。私はアリシア・ルンデブルクと申します」

私の挨拶に、コレットちゃんはどこか凛々しく、けれどもいかにも美少女といった様子で微笑んだ。

何という可愛さ満点のスマイル！　私にはないものです！

「アリシア、ところでなぜ君がこんなところにいる？　勇者パーティーはどうしたんだ？」

「脱退してきました。行く当てもないので、アリアケさんのパーティーに復帰させてもらって宜しいですか？」

「脱退か……。お前のことだから色々と事情があるんだろう。コレットどう思う？」

来ました！

こんな美少女を連れてしまっている以上、私なんてお邪魔虫の可能性が高いです！

くううう、それにしても、さすがアリアケさんです。ちょっと目を離したうちに、こんな美少女とパーティーを組んでるなんて。

私が先に、ずっと、何年も前から、目をつけてたのにぃ……。

私はコレットちゃんの回答はどうかと、ハラハラします。

二人は一体どういう関係なのでしょうか。

もう正式にお付き合いなんてしちゃってしまっているんでしょうか!?

でも怖い！

それを聞くのが怖い！

それで「そうです」なんて返事が来たら、絶叫しない自信がありません！

で、ですが、せめてその際にでも。ええ、せめてせめて、傍にいさせてもらえるように交渉せねばなりません。1番じゃなくても2番でＯＫ。

ふうふう、私は息を整えます。落ち着いてきました。

できる！

私ならできるはずです！

アリアケさんの実力に追いつくために、あの恐るべき地獄の修行を耐え抜いた私なら可能なはず！

そのためにはアリアケさんにアピール。自己ＰＲをしなくてはなりません。

かと言って、私ごときに、誇れるものと言ったら……、

「聖女といちおう呼ばれております。一通りの上級回復魔法と、それから蘇生魔術が使えますが」

ああ、だめです！

心の中で頭を抱えて絶叫します。

ますます可愛げがありません！

肩書アピールって！　魔法アピールって！　もっと可愛い方向性が必要なのに！　せめて目の前のコレットちゃんの100分の1でも可愛さをアピールできればっ……！

ああ、このままでは加入拒否されてしまいます！

「凄いのじゃ！」

えっ？

ですが、コレットちゃんはそんな私の可愛げのない言葉など意に介していなかったのでした。

「上級回復魔法は人からほとんど失われてしまって久しいのじゃろう？　それに蘇生魔術などほとんど歴史上おらんのではないか！　わしなど戦うだけで癒すことはできぬからなぁ！」

「ありがとうございます」

ああ……私は頭をガーンと殴られたような衝撃に震えます。

これこそが……美少女の余裕なんですね。

そこにはなんの衒い（てらい）もありません。ただただ純粋な笑顔で褒めてくれます。

アピールだ何だと考えていた自分の心の醜さに、思わずへこみます……。

戦う前からアリシア、完敗です……。

この目の前の美少女が、可愛いアピールしてきたら、私なんてすぐにサヨナラです〜（泣）

ですが、そんなことを考えていた私を、コレットちゃんは追い出したりすることもなく、

「勇者パーティーにも凄いメンバーがちゃんとおったのじゃなぁ。うむ、ちなみにわしはドラゴン種族の末姫じゃ。これからも宜しく頼むのじゃ、アリシア」

そう言って笑顔で握手をしてきたのです。

す、末姫!?　しかもドラゴン種族の!?

私とは全然次元が違います！

それなのに、受け入れてくれるなんて。

ああ、何ていい子なのでしょう。

「宜しくお願いしますね、コレットちゃん」

あっ、しまった！　つい馴れ馴れしく、ちゃん、などとつけてしまいました!?

ですが、その言葉にコレットちゃんは嫌な顔一つせず、微笑んでくれたのです。

ああ、美少女って心まで綺麗なのですね。

こうして私はコレットちゃんの優しさのおかげで、首の皮一枚残し、このパーティーに入るチャンスをつかんだのでした。

ありがとう、コレットちゃん。この恩は一生忘れませんよ！

～コレット視点～

いや、何じゃこの美女。

わしは目を疑ってしもうた。

時々、旦那様が勇者パーティーに一人、非常に頼りになる女子がおると言っておった。

じゃが、まあ正直、話半分に聞いておった。

旦那様に比べれば、頼りになると言っても、知れているというものじゃと。

じゃが、目の前にして度肝を抜かれた。

まず、ともかくその美しさじゃ。

わしのようなチンチクリンにはない、大人の魅力のようなものを放っておる。

それになんじゃろう。大聖女じゃから、ということなのかの？　普通の美人じゃないんじゃよな。

何か神々しいのじゃ。ちょっとオーラが違うっていうか。たなびく金髪に宝石よりも美しい碧眼。

柔和に微笑むその表情……。

わし、女なのに、クラクラするのじゃ。

そして、まとっている魔力の質が根本的に違うのじゃ。まさに神に愛された存在と言ってよいじゃろう。

……ていうか、これ、ずるくない？

わしがどんだけ頑張って人化してもこうはならんぞ？

わし、いちおう世界最強のドラゴンの末姫なのに、このレベルには絶対になれんぞ？

人族って時々規格外の輩が生まれるけど、まじでそれよな。

種族を超越した美しさよな、これ。

じゃ、じゃが、わしもドラゴンの末姫じゃし、余りみっともないところは見せられぬ。とにかく頑張って挨拶なのじゃ！

「初めまして、と言うべきじゃろうな。わしはコレット・デューブロイシスじゃ」

「こちらこそ宜しくお願いします。私はアリシア・ルンデブルクと申します」

何と丁寧に頭を下げてきた。そして女神のように微笑む。それだけでわしはまたしてもクラクラッとした。何じゃの、このオーラ。

そもそも、かつての勇者パーティーのメンバーなのじゃから、わしよりよほど旦那様との付き合いは長いはず。

その上、わしは見てくれは子供じゃ。街中を歩いておっても侮って来る輩も多い。

じゃから、普通もっと上から来てもおかしくないのに、このアリシア殿は違う。まじ大聖女、礼儀正しく、人を侮ったりすることをせぬ。

じゃ、じゃが、だからこそどうしよう。

わしの心に不安が生まれる。

もし、このアリシア殿が旦那様を返せと言ってきたら？

わしと旦那様がパーティーを組むことに反対してきたら？

そうなったら、果たしてわしに拒むことができるじゃろうか……。

と、そんなことを考えていると、旦那様がアリシア殿に聞いた。

「アリシア、ところでなぜ君がこんなところにいる？　勇者パーティーはどうしたんだ？」

「脱退してきました。行く当てもないので、アリアケさんのパーティーに復帰させてもらって宜しいですか？」

「脱退か……。お前のことだから色々と事情があるんだろう。コレットどう思う？」

来たぁあああああああああああああ!?

まずい、マジでまずいのじゃ！

捨てられる!?

このままじゃと捨てられてしまう!?

いや、待て待て、落ち着くのじゃ。

まだ捨てられると決まったわけではない！　わしが役に立つということをアピールすればよいのじゃ。

そうすればわしの立場は守られるはずじゃ！

じゃ、じゃが、どうする!?

アリシア殿は背伸びしても絶対に届かぬ超美人じゃし、わしにできることといったら火を吐くことくらいじゃ。

じゃが、ここで思わぬチャンスが到来したのじゃ。

「聖女といちおう呼ばれております。一通りの上級回復魔法と、それから蘇生魔術が使えますが」

いかにも控えめといった様子でアリシア殿が言った。

いや、まじなのか、と思わざるを得ない。

確か上級回復魔法自体が人族の中ではほとんど使えぬ者が多い。そして、何より蘇生魔術って……。それ何て神話って感じじゃ……。

だがしかし！

わしは姑息にも思いついたのじゃ。

そっち方面ならば差別化できる、と！

もちろん、せこいかもしれん！　じゃが、わしは捨てられとうない！　№2でも良いから旦那様のそばに最後までおるのじゃ！

「凄いのじゃ！　上級回復魔法は人からほとんど失われてしまって久しいのじゃろう？　それに蘇生魔術などほとんど歴史上おらんのではないか！　わしなど戦うだけで癒すことはできぬからなぁ！」

よし、さらりと戦闘方面でアピールしたのじゃ。

……こんな姑息な方法でしかアピールできぬ自分に泣けてくるがのう……。

「ありがとうございます」

またしても丁寧に礼を言われる。

うう、自分の小ささに泣けてくるのじゃ。

じゃがじゃが、ここは泣いてる場合ではない。後ろを振り返らず、このままの勢いで最後まで行くのじゃ！

「勇者パーティーにも凄いメンバーがちゃんとおったのじゃなぁ。うむ、ちなみにわしはドラゴン種族の末姫じゃ。これからも宜しく頼むのじゃ、アリシア」

そう言って笑顔で握手をする。

「宜しくお願いしますね、コレットちゃん」

やった！　既成事実なのじゃ。

わしの心は歓喜に震えた。

何とか追い出されずパーティーに残れそうじゃ！

それに『コレットちゃん』と呼ばれた。

このような方にちゃん付けで呼ばれるのは気恥ずかしい……。じゃが、全然嫌ではなかった。

旦那様と冒険するのも良いが、このアリシア殿と一緒に旅をするのも、とても楽しみになってきたのじゃった。

ともかく、こうしてわしは大聖女アリシア殿の優しさのおかげで、なんとか首の皮一枚を残し、このパーティーに残ることができたのじゃった。

ありがとう、アリシア殿。この恩は一生忘れぬぞ!!

～アリアケ視点～

俺はアリシアと思わぬ再会を果たした。アリシアはどういった理由か勇者パーティーを脱退し、なぜか俺のパーティーへの加入を求めて来た。まぁ、俺としては異存はない。追放したのは勇者だし、今から思えばアリシア自体は特に俺を追い出そうとしていたわけではなかったように思う。

脱退した理由も後から聞けばいいことだ。

一点、心配していたコレットとの関係であったが……、

「初めまして、と言うべきじゃろうな。わしはコレット・デューブロイシスじゃ」

「こちらこそ宜しくお願いします。私はアリシア・ルンデブルクと申します」

二人は俺の心配などよそに、つつがなく挨拶をすると、

「聖女といちおう呼ばれております。一通りの上級回復魔法と、それから蘇生魔術が使えますが」

「凄いのじゃ！　上級回復魔法は人からほとんど失われてしまって久しいのじゃろう？　それに蘇生魔術などほとんど歴史上おらんのではないか！　わしなど戦うだけで癒すことはできぬからなぁ！」

「ありがとうございます」

「勇者パーティーにも凄いメンバーがちゃんとおったのじゃなぁ。うむ、ちなみにわしはドラゴン種族の末姫じゃ。これからも宜しく頼むのじゃ、アリシア」

「宜しくお願いしますね、コレットちゃん」

二人ともとても落ち着いた調子でやりとりをすると、余裕さえ感じさせる様子で握手をし、互いに微笑み合っていた。

（どうやら、まったく心配するようなことはなかったようだな。まぁ当たり前か）

二人ともある意味、大人なのだ。

心の余裕が態度に現れているのだなぁと、俺は感心したのである。

と、そんなやりとりをしていた時である。

「大賢者アリアケ様！」

10代半ば程度に見える獣人の子供二人が、俺の傍まで来てガバっと頭を下げたのである。それはハインリッヒにつかまり殺されかけていたところを助けた獣人の兄妹であった。

「アリアケ様は僕たちの命の恩人です。本当にありがとうございました！　あ、申し遅れました。僕の名前はハス。こっちは妹のアンです」

アンと紹介された少女も深く頭を下げ、

「こ、このたびは助けて頂いて本当にありがとうございました。大賢者様！　大賢者様がいなければ、私たちはあの貴族に石で殺されてしまっていました！」

だが、俺は当然だが首を横に振る。

「助けたのはこっちの大聖女だ。俺は何もしていない、礼を言うなら聖女へ言うと良い」

しかし、二人は同じように首を振ると、

「もちろん、大聖女様にも感謝しています。ですが、一番最初の投石から僕たちを助けてくださったのは大賢者アリアケ様ですよね！」

「いや、まぁ、それはそうだが……。防いだだけで直接助けたわけでもないしなあ。大したことでは……」

そう言って否定しようとする。

だが、なぜかアリシアが口を挟んで来た。

「いいえ、咄嗟にあれだけのスキルを駆使して、数十人からの投石を防がれたアリアケさんは凄いです。それに、スキルだけではなく、その心根（こころね）は誰にも真似できないものでしょう。あくまで、私は2回目を防いだだけですからね。さすがと言えます」

「その通りじゃ」

と、なぜかコレットまでも深く頷く。

「間違いなく旦那様は貴族からこやつらの命を救ってやったのじゃ。そんな偉業をポンポンとできる者がこの世界のどこにいようか。まったく自己評価の低いのが玉に瑕じゃなぁ」

二人の言葉に、アンが改めて頭を下げ、

「私たちを救ってくださり、本当に、本当にありがとうございました。大賢者様。この御恩は一生忘れません」

そう言って涙ぐみながら感謝の言葉を口にするのであった。

ううむ、と俺は困ってしまう。

本当に俺のしたことなど大したことないのだがなあ。けれど、余り拒否しすぎるのも申し訳なくなってきた。

それに俺の普通は、どうやら世間の普通とはずいぶんズレてしまっている時が多くあるようだしなぁ。

なので、

「まあ、その感謝は半分受け取ろう。もう半分はやはりこのアリシアのものだ」

と言ったのであった。

「「あっ……。もう、また……」」

アリシアとコレットがそろって嘆息すると、

「さすが大賢者様です。本当にご謙遜でいらっしゃるんですね」

獣人たちの兄妹もなぜか苦笑しつつ、尊敬の目で俺を見てそう言うのであった。

やれやれ、と俺も釣られて苦笑してしまう。


「ま、それはともかく、だ」

俺は話を変えるように、別の話題を切り出した。

「ハスとアン。お前たちはこれからどうするつもりなんだ？」

気になっていたことを問う。

「え、はい。また元の冒険者として暮らすつもりです。というか、それくらしか、腕っぷししかない僕たち獣人にはできませんから。……ただ、僕たちのことをハインリッヒがまた捕まえようとしてくるかもしれないので、そこが不安なんです」

確かに。

いつまた捕まるかもしれないという状況では、おちおち外も歩けないだろう。

「ああ、それでしたらご安心ください」

だが、アリシアが人を安心させるような笑みを浮かべながら言った。

「先ほどの審問で獣人への差別政策への追及が終わったわけではありません。更に今後もそういった政策を取ることがないように、教会の名において監視します」

「ほ、本当ですかっ！」

「もちろんです。というかですね……」

アリシアが頬をかきながら、

「前領主たるハインリッヒ卿の御父上が急死され、彼が領主の地位を継いでから、急に獣人差別政策を始めたのです。そのため、教会の対応が遅れてしまったのですよ」

「そうだったんですね。なら今後はもう……」

「はい、安心頂いて大丈夫ですよ」

そう言ってもう一度微笑む。

「良かったです！　なぁ、アン」

「うん、お兄ちゃん！　また冒険者を続けられるね！」

兄妹も微笑み合って喜んだ。

ふむ、どうやらアリシアたち教会が監視している以上、政策面であの愚かな貴族が、同じような愚策を取ることはできないだろう。

だが、俺はあの男が去り際に見せた、瞳の奥にともる漆黒とも言える闇を思い出していたのである。

だから俺は、

「ハス、アン。少し話があるんだが」

彼ら兄妹に相談を持ち掛けたのである。

～ハインリッヒ視点～

「くそ、くそ、くそくそくそくそくそくそくっそおおおおおおおおおおおおぉああああああああああああああああ！！！」

私は自室に戻って頭を掻きむしりながら絶叫する。

ガンガンと机に頭を打ち付けた。

花瓶をなぎ倒す。ガチャンという激しい音とともに砕け散る。

窓の外にいた猫か何かが物音に驚いて逃げ出す音がした。

それでもまったく悔しさは晴れない。

「アリアケアリアケアリアケアリアケアリアケ・ミハマァァァァァァァァァァァァァ」

私は諸悪の根源の名前を連呼する。

何度罵っても足りない、忌むべき名前を連呼する。

「あんなのは！」

私は天を仰ぐ。

「あんなのはただの偶然ではないか！」

部下たち数十人の投石を無力化してみせた。だが、そんなのは大したことでは絶対にない。私にだってできる程度のことに違いないのだ。

「次に出会い、そして戦えば、貴族であり剣の達人である私が絶対に勝つ！　私の方が何十倍も何千倍も強い！」

それなのに！

私は思わず思い出してしまう。

あの美しい大聖女のことを。

あの女は大貴族である私ではなく、あろうことかアリアケの味方をしたのだ！

「ああああああああ、なぜだ、私の方が男として断然優れているというのに！　権力も力も富も名声も、何もかもが優れているはずなのに！」

そして、同時に、あのありえない審問の風景を思い出してしまう。

衆人環視の中で、

「破門!?　こ、この尊き血筋たるこのハインリッヒ・グロスをっ……！　うあああああああああああああああ！」

またしても悔しさの余り地団太を踏む。

私の悲嘆は何時間も続いた。


「はぁ……はぁ……はぁ……」

何時間経過したことだろう。

既に夜は明けていた。

ありえない出来事が連発したために、つい自制心を失ってしまった。

……獣人へ圧力をかけ、私腹を肥やす政策はもう使えないだろう。教会が私を監視対象とした以上、おおっぴらな差別政策は取れない。

「だ、だが……。く、くくく」

私はにやりと唇を歪める。

「たとえ権力を振るえずとも、私には『コレ』があるのだ。く、くひひひひひひひひ！」

スラリと鞘から剣を抜いた。

その刀身からは薄っすらと魔力が漏れ出ている。その魔力は私にまるで語り掛けるようだ。弱者など蹂躙し従える以上の価値などない。絶大な力を持つ私は下々の者を好きにしていい権利があるのだ、と。

　私は陶然としながら口を開く。

「誰かいるか」

　私の呼びかけに、そば仕えの兵士たちが入室してくる。

「はっ！　何でしょうか。ハインリッヒ様！」

「うむ。昨日陳情のあった冒険者キラーの討伐へ向かう。そこで、いつも通りギルドから、現在『煉獄神殿』へ潜っている者のリストを入手して来い。我々、貴族騎士団が守る対象をはっきりとさせるためにな！」

「はっ！　承知しました」

　兵はすぐに出ていくと、ほんの10分程度でリストを持って戻って来た。

　ぺらぺらとめくる。潜っている人数はそれほど多くない。

「都合がいい」

　思わずニヤリとする。

　上から順番に目を通していった。

「ほう……」

　と、そのリストに記載された冒険者名を見て、私は思わず目を細める。思わず激しく唇を歪めてしまった。

「どうやら、運は私を見放してはいなかったようだなぁ」

そのリストには、昨日私に謝罪をさせた、汚らわしい獣人たち兄妹の名前があったのである。

「ぎゃあああああああああああああああ!?」

汚らわしい獣人の男が血まみれになって倒れた。

「くはははははは！　ゴミめ！　雑魚め！　ああ、やはり私は最強だ！」

私は喜悦に唇を歪める。

うっとりと、血にまみれた剣に視線を注ぐ。

剣は漆黒。血を吸うたびにぼんやりと闇夜のごとき光を放ち、更に切れ味を増していく。殺せば殺すほど強くなる。そうすればもっと殺したくなる。『あの方』に頂いたこの魔剣のおかげで、私はいつか最強の存在になるのだぁ！

「おおっと、いけない。いけない」

ふぅ、と一度深く呼吸をする。

(メインディッシュはこの後なのだ)

粗相が過ぎたと額の髪をはらう。

ついつい本当は殺す予定になかった獣人の冒険者を、あの屈辱を与えた獣人兄妹を殺せるかと思う高ぶりにかまけて、衝動的に殺してしまった。

足元の死体を見る。

そこには中年の獣人の男が目を見開いた状態でこと切れていた。

「くふふ」

絶命の際、絶叫を上げていた。しかし、周囲を見回しても、自分以外には誰の気配もなかった。

当然だ。

なぜなら、周囲は忠実な部下たちに命じて、誰も近寄らないようにしているのだから。

でなければこの私、『冒険者キラー』の仕事に支障が出てしまう。

そうだぁ、私が『冒険者キラー』だ。

私が演説で「冒険者キラーの討伐に向かう」と宣言したのは、万が一にも私が冒険者キラーだとバレないようにするためのカモフラージュだった。

まさか貴族の私が冒険者キラーだとは誰も思わないだろうが、念には念をだ。くくく、まさに天才の私にしか思いつけない方法だろう。

冒険者キラーをしているのは、この天才たる私が剣の腕を磨くためだ。

剣の腕を磨くには、やはり実際の殺し合いが一番良い。

ただ捕虜や奴隷を切り殺すだけでは物足りない。

かといって街中で殺しをするわけにはさすがに行かない。

そこでダンジョンで辻斬りをすることを思いついたのだ。

そうすれば、汚らわしい獣人や最下層の冒険者を掃除できるうえに、私の剣の上達にも貢献できる。魔剣の切れ味も増す。まさに一石三鳥だ。

死んだ彼らも、尊き私の役に立って死ぬことができるのだから、きっとあの世で喜んでいることだろう。

私はその考えの完璧さに大いに満足する。

「さあ、本命だ」

私は思わず舌なめずりする。

部下たちの情報によれば、ここを左に曲がったつきあたりで、あの獣人の妹が休憩をしているらしい。

死角から先手を取れば気取られず殺すことができるだろう。

「今日はソロで潜っているのか」

事前のリスト名には兄がいた。若干情報が食い違うが、些細なことだ。そんなことはいくらでもある。

（いた！）

私はその後ろ姿を確認する。

情報通り、こちらに背中を向けている。まったく私の存在に気が付いていない。

チャンスだ！

私はこっそりと、しかし素早く死角を縫いながら近づいていく。

そして、手を伸ばせば触れられるほどの距離まで近づいた。

そうして、私は唇を歪めながら、素早く剣の柄を握ると、

「くひぃ！　死ねえ！」

　これだから冒険者キラーはやめられない。しかも今回の相手は尊き立場である私に謝罪をさせた汚らわしい獣人だ。それを始末できる喜びに喜悦が走る！

（こいつを始末したら、次は兄だ。そうだ、妹の死体を前に、あらん限りの拷問をしたうえで始末してやろう！）

　そんな妄想を浮かべながら、思いっきり横なぎに振り抜こうとした、その瞬間である。

「僕の妹に何をするんだ！　このクソ野郎がぁああああああああああ！」

「なぁっ!?　ぐぎゃあああああああああああああああああああ!?」

　私は理解できないほどの衝撃をいきなり顔面に受けた。

　目の前に星が飛び散り、一瞬遅れてすさまじい激痛が顔中に走った。

　私は吹き飛ばされ、地面をゴロゴロと転がる。そして壁に激突してやっと止まった。

「あ、あがあああああ……」

　歯と頬の骨が折れているのかまともに声を出すことができない。体中から血が吹き出る。

　私は何が起きているのかとパニックに陥りながらも、何とか顔を上げて視線を巡らせた。

　何メートルも先に、いないはずの獣人の兄の姿を認める。

　そのことで、そいつに私は顔面を拳で殴られ、吹き飛ばされたのだと知ったのだ。

「だ、だにが……どぼじて……」

　どういうことなのか。

　どうして、いないはずの兄がいて、しかも私はたった一撃でこれほどボロボロになっているのか。

理解が追い付かない。
しかし、

「アン、すごいね。本当にアリアケ様の言った通りになったよ。しかも、アリアケ様のスキルで腕力が信じられないくらい向上してる」
「はい。やはり大賢者アリアケ様のおっしゃったように、貴族ハインリッヒが冒険者キラーだったのですね。さすが大賢者様です！」

ア、アリアケぇ!?
その名前に、私の意識は一気に覚醒する。
なぜその名前がここで出る!?
その忌まわしい名前がここで出てくる！
そして、最も聞きたくない声が私の耳朶に届いた。

「おいおい、やめないか。お前たち」

そう言いながら、物陰から数人の人間たちがぞろぞろと出てくる。その先頭には、

「たまたま、今回はうまくいっただけだ。まんまと俺の計画通りにな」

あの忌まわしいアリアケ・ミハマの姿があったのである。
その私を見下ろす表情はまるで敗者を憐れむ勝者のごとき憐憫に満ちていた。
また、またなのか！　また貴様の仕業なのか！

「アビアベ・ビババァァアアアアアアアアアアアアアアアアアアア！」

私の屈辱にまみれた絶叫がダンジョンにこだましたのである。

～アリアケ視点～

「アビアベ・ビババァァアアアアアアアアアアアアアアアアアア！」

目の前の男、冒険者キラーがどうやら俺の名前らしきものを絶叫していた。その目には憤怒とともに、どうして俺がここにいるのか不思議でならないといった困惑の色も浮かんでいる。

俺は回想する。今回の件は昨日、俺から獣人の兄妹たちに持ち掛けた相談から始まったのだ。


「ハス、アン。少し話があるんだが」

「あ、はい。何でしょうか、アリアケ様？」

俺の言葉に兄妹は首を傾げた。

「もしかすると、明日、君たちはやはり狙われるかもしれない」

「えっ？　でも、大聖女様が教会の監視があるから大丈夫って」

「それは街中での話だ。あいつの正体はたぶん『冒険者キラー』だ。君たちをダンジョンで狙ってくる可能性が高い」

「「「「ええ!?」」」」

全員が驚いた。

「ま、待ってください、大賢者様！　あ、あの貴族が冒険者キラーなんですか!?」

アンの言葉に、俺は頷く。

「いくつか根拠がある。まず、奴は今日の演説で口を滑らせた。奴はこう言った。『これに関しては皆に謝らなければならないだろう。冒険者キラーが、この街が管轄するダンジョン『煉獄神殿』に出没するようになってから1年。私が直々に討伐へと赴いてはいるが、いまだその尻尾すらつかめていない。……だが、約束しよう。必ず賊は捕まえると！　冒険者の中の不届き者を必ずあぶり出し、首を刎ねると！』ってな」

「お～、なるほど、そういうことですか」

コレットは首を傾げていたが、アリシアは手を打った。

「確かに『冒険者の中の不届き者』と言っちゃってますね。盗賊ではなく、ましてや獣人ではなく、冒険者だと、はっきりと告げています。はてさて、果たしてどうして属性を特定できたのでしょうか？　それは犯人を知っているからですね！」

「おおー、さすがアリシアなのじゃ！」

コレットが尊敬の目でアリシアを見ると、彼女は照れくさそうに微笑んだ。出会って間もないのだが、この二人は妙に仲がいい。

「あと、そもそも、アイツの差別意識からして、率先して冒険者キラー討伐に行くとは思えないんだ。人気取りだとしても、1年以上かかっているから逆効果だ。ではなぜ率先して行こうとしていたのか？　それはアリバイ作りのためだろう。討伐隊が冒険者キラーを隠蔽するためのものとは誰も思わないからな。ま、動機までは分からんが。……でだ」

俺は兄妹に本題を切り出した。

「このまま放置していては、今後も沢山の死者が出るだろう。だが現場を押さえない限り、貴族を罪に問うことは難しい。だからお前たちに一肌脱いでもらいたい。だが、お願いしたいのは結局のところ囮役が必要ということでな。ハインリッヒはお前たちを襲撃して来る可能性が高いからおびき寄せて欲しいんだ。もちろん、俺が各種スキルでサポートするから危険はない。……しかし、もちろん嫌ならば断わってくれていい。強制できるものではないからな」

「いいえ。分かりました。このハスが喜んでお引き受け致します」

「えっ？　いや、いいのか？　そんなにすぐに決めて。怖いとか……」

「も、もちろん怖いですが……」

ハスはアンの方を見る。

それにアンが頷くのを見て、彼は決心するように頷いた。

「ハインリッヒには沢山の同胞が殺されたり、捕まったりしているんです。そして、こんな状況ですが、この街は僕たちの故郷なんです。ハインリッヒが冒険者キラーなら、それを倒すためのお手伝いをするのは当然です！」

「そうか」

「それに、何よりアリアケ様のお役に立てるなら本望ですから！　僕たち兄妹を貴族の手から救ってくれた御恩、この犬耳の誇りにかけて裏切りはしません！」

「そ、そうか」

それほど恩に着られることをしてやった覚えはないのだが、何やらキラキラと尊敬の目を向けられては、それを否定するのも野暮というものか。

「では、作戦を開始しよう。作戦名は『冒険者キラー狩り』だ。さて、作戦遂行に当たってできればハインリッヒの動向を監視しておきたいところだが……」

「あ、それなら大丈夫です。実は最近たまたま使い魔を手に入れまして、ハインリッヒについて行かせています。窓の外から猫みたいに監視中のはずです。彼が動いたら知らせてくれるでしょう」

「そうなのか。どんな使い魔を手に入れたのか、また教えてくれ」

「え、あーうん、そうですねえ。大丈夫かな。これ以上ライバルが増えると困るんですよね、うーん、うーん」

よく分からないが、なぜかアリシアが悩み出した。

大聖女の立場上、様々なしがらみがあるのだろうなぁ。

まあ、ともかく、こうして俺たちの『冒険者キラー狩り』作戦の幕は切られたのである。

そして、まんまと間抜けな冒険者キラーは罠にはまったというわけだ。

途中、兄妹以外の獣人を切り殺すというハプニングもあったが、それはアリシアがあっさり蘇生魔術で蘇生させ事なきを得ている。

また、周囲の部下たちは、アリシアの結界によって容易に入って来ることはできない状況だ。

「さあ、観念しろ、『冒険者キラー』……。いや、犯罪者ハインリッヒよ。現行犯だ、言い逃れはできん。その歪で醜悪な思想と犯罪を償うがいい」

俺は倒れ伏すボロボロのハインリッヒに向かってそう断罪したのである。

ハインリッヒは血の涙を流しそうなほど悔し気な表情を浮かべたのだった。


「ぎ、貴族のワダジにごんなことをじで只で済むと思っているのがぁ！」

ハインリッヒが歯の抜けた口で思いっきり叫ぶ。

しかし、

「うるさい、この犯罪者が！　大人しくしないか!!」

ハスがその頬を叩き、顔を地面に押しつけて暴れるハインリッヒを取り押さえようとする。

「ぶべえ!?　は、犯罪者だどぉ!?　ご、ごの私がぁ!?　じゅ、獣人ごときがぁ！　ふ、ふざけるなぁあああああ!!」

悔しそうに目を怒らせ、怒声を上げた。

その言葉を聞いて、アリシアは淡々と首を横に振り、

「殺人罪、殺人未遂罪、死体損壊、死体遺棄、公権乱用、窃盗、脅迫、その他もろもろ。言い逃れできる状況では既にないのですよ、犯罪者ハインリッヒ？　前領主様も草葉の陰で泣いていらっしゃることでしょう。はぁ、あなたこそはまごうことなき『貴族の恥さらし』そのものです」

そう言って、冷めた目で見下ろした。

その言葉にハインリッヒは更に激高する。

「ぐおおおお！　ごの選ばれた貴族の私に向かってでええええええええええ」

そして、

「だ、誰かだずげに来い！　なんでだぁあああ!?　どうじで誰もだずげに来ないぃいぃいぃいい!?　あの役立たずどもめがぁああ！」

周りに頼ろうと大声を出す。

こんな時にだけ周りに助けを求めるハインリッヒに呆れながら、

「結界を張ってある。お前は檻に入れられた犯罪者そのもの、というわけだ。そんなことすらも分からないのか？　お前はもう終わりなんだ。無論、今回の件が公になればお前は領主の地位からは追放。一族からも廃嫡必至だろう。つまり、お前はもう貴族ですらないんだ。ただの犯罪者でしかない」

「くそくそくそくそくそ！　そんな馬鹿なぁあぁぁあああああああ！」

俺との戦いに惨敗し、そのうえ貴族という地位すらも剥奪されるという事実が信じられず、ハインリッヒは泣き叫ぶ。

「ふぅ、これ以上の問答は不要だな。さっさと犯罪者を連行するとしよう。縄を巻いて猿轡をはめて連れて行くぞ。うるさくてかなわん」

「はい。アリアケ様。ほら、大人しくしろ、元貴族の犯罪者ハインリッヒ。正当防衛でこの場で殺されないことに感謝しろ！」

そう言ってハスがハインリッヒに縄を打とうとした。

その時である。

「ぐ、ぐぎ、ぐぎぎぎぎぎ！　許ざん！　許ざんぞ!!　お前だぢ全員皆殺じだぁあああああああああ！」

ハインリッヒが絶叫する。それと同時に、

『ブオン！』

地面に落ちていたハインリッヒの『魔剣』が独りでに浮き上がったのである。

「なに!?　あの魔剣はもしや!?」

俺は驚く。

「ふーはっはっはっは！　そうだ！　魔剣の力を思い知れ!!　今まで食った魂の数だけ、この刀の切れ味は鋭くなっている！　魔剣よ来い！　そうして、こいつらを一掃してっ……」

「馬鹿！　そうじゃない！　それは剣じゃない！　モンスターだ！」

「……へ？」

ハインリッヒが何を言われたのか理解できず、間抜けな声を上げた瞬間、宙に浮かんでいた魔剣は突如ハインリッヒへと向かい、その胴体を凄まじい速度で貫いたのである。

「は？　は？　は？　ぐえええええええええええええええ!?　や、やべで！　わだじの中に入ってこないでえええ!!」

ばきばき！　びちびちびち！

そして、あろうことか、その剣は突き刺した部分から、ハインリッヒを《捕食》し始めたのである。

剣は一瞬にしてハインリッヒの内部を食い荒らし、侵食する。骨が折れ、筋肉が破ける音がダンジョンに響いた。

バキ！　ベキ！　ブクブク！

同時に、破壊された部分が再創造され、何倍もの大きさへとブクブクと膨らんでいく。

それはやがて、まったく原型をとどめない悍ましい姿となった。

真っ赤な球体のような体に大きな目玉が一つ、体からは無数の触手が生えている。

「な、なんじゃアレは」

突然の出来事に、コレットが目をみはりながら言った。

「簡単だ。アイテムに化けて冒険者を食らい自らを強化するモンスター。そんな奴は一種類しかいない。《ミミック》さ」

「ミ、ミミック!?　ミミックって、あの宝箱になって冒険者を待って襲い掛かる、つまらないモンスターではないのか!?」

「宝箱と一概に決まっているわけじゃない。それに、命を吸わせすぎたんだろう。ミミックの最終進化形『ヘル・ミミック』に至っている。こいつはもはや、『擬態したまま自ら人間を食らいに行く化け物』だ」

アリシアが息をのみ、

「SSSクラス。災害級モンスターに違いありませんね」

「まさか最後の最後にこんな大物が現れるとはのう……」

コレットも頷いて生唾を飲んだ。

しかし、

「よし、全員戦闘配置につけ。ハス、アンは下がっていろ」

俺はいつも通りに指示を飛ばした。

「「「え?」」」

「やれやれ、なにを浮足立っている」

俺は嘆息しつつ、

「この俺がポーター(バックアップ)を務めるんだ。落ち着けば必ず倒せる」

「アリアケさん……。そうですね、あなたの支援があれば何があっても大丈夫です」

「その通りじゃな! よーし、ドラゴンの末姫の力、見せつけてやるからのう!」

一気に士気が上がった。

「あ、いや、余りはしゃぎすぎて離れすぎないようにな。スキルの支援が届かなくなるからな?」

俺は逆に若干不安になりながらも、ヘル・ミミックの方へ視線を向けた。

「さあ、始めようじゃないか、ミミック。いや、ハインリッヒ。まだ意識は残っているか? 俺が憎いならば殺してみせるといい」

『ギシャアアアアアアアアアアアアアアアアアアアアアアアアアアアアアアアアアアアアアアア!』

ミミックの瞳が赤く明滅し、憤怒の様相を伝えた。

その雄たけびは煉獄神殿にこだまし、戦闘開始の狼煙となったのである。

『ブボボボオ……ゴロズ……アリアゲエエエエエ！』

悍ましく、ガラスをひっかいたような不快な声が赤黒い球体のどこからか鳴り響いた。

ハインリッヒの怨念が捕食されてなおヘル・ミミックに残っているようだ。

その化け物に対し、俺たちは素早く戦闘態勢に移行する。

煉獄神殿のような閉鎖型ダンジョンでコレットをドラゴン化するわけにはいかない。ダンジョンを吹っ飛ばすなどバカのすることだ。そんな奴はいないとは思うが……。

どんな時でも状況に合った適切な戦闘方法というものがある。

ポーターである俺を中心に、前衛にコレットが立ち、少し斜め後ろに大聖女アリシアが陣取った。

「局所戦だ。使える技もスキルも制限される。細かい支援がカギだ。離れすぎると俺の支援が遅れる。基本陣形を維持してくれ」

「はい！」「分かったのじゃ！」

「よし、まずは、《時間制限付き無敵付与》、《時間制限付き素早さ向上》、《時間制限付き回避能力向上》。コレット、最初は戦いすぎるな！　当てたら、逃げろ」

「ぬお!?　よく分からん！　じゃが、了解なのじゃ！」

「スキルの効果時間は17秒だ。時間制限がある分効果は通常より高い。次にアリシア」

「はい」

「今から16秒後に一旦スキルが切れる。その後10秒間俺の防御を頼む」

「了解です！　あと15秒後に支援結界を張ります」

アリシアは、コレットではなく俺へ支援結界を張る理由を聞かない。

彼女だけが、勇者パーティーで唯一、俺の指示の意味をくみとりながら動けていた。

「よーし、行っくのじゃあああああああああああああ！」

コレットが化け物へ突っ込んでいった。

俺のスキルの加護を受けているおかげで、触手の攻撃を回避しつつ、本体の赤黒い球体部分に迫る。

「どっせえええええええええええええええいい！」

少女の細腕とは思えないほどの風切り音を上げて、化け物の体をえぐる。通常のモンスターならばこれで終わりというほどの衝撃が起こり神殿を震わせた。

『ギュオオオオオオオオオオオンンンンッ……!!』

ブシャアアアアアアアアアアアアアア！

化け物の雄たけびとともに、赤い体液がまき散らされる。

「勝ったのじゃ！　しかし『戦いすぎずに逃げる』なのじゃ！」

コレットは俺の言うことをちゃんと覚えていて、深追いせずに一歩距離をとる。

　その瞬間、

『ガチイイイイイイイイイイン!!』

「ぬおおお、ミミックの傷口が……新しい口になっておるのじゃ!?」

コレットのダメージを与えた場所が、今はガチガチと歯を鳴らしていた。

「深追いしてれば腕一本持って行かれていたな」

「旦那様にはこれが分かっておったのじゃな!?」

尊敬の目を向けられるが、

「そんなわけないだろう。ミミックだから、何かに化けてカウンターはありうると思っただけだ」

「いえ、それ普通に正解ですから」

アリシアが呆れたように言った。

「ん？　そうか？　全然違うと思うが」

俺は首をひねる。アリシアはなぜか嘆息していた。

「ま、とにかく、再生能力は確認できた。まずは第1段階完了だ。スキル停止3秒前。一旦、陣形を立て直す」

「分かったのじゃ！」

コレットが後ろに大きく退(ひ)こうとする。

だが、獲物を定めた化け物の触手は執拗に彼女を追った。

「ぬはははは！　旦那様のスキルのおかげでまったく当たらんわい！」

コレットがすいすいと避ける。

しかし、そのせいで業を煮やした触手が、突然俺にターゲットを変更した。

「なぁんとぉ!?　旦那様を狙うじゃとぉ!?」

コレットが悲鳴を上げるが、
ガギイイイイイン!!

俺の1ミリ目の前で、凶悪な触手が暴れ狂っていた。だが、紙一重で俺には絶対に届かない。

「……0秒。作戦通りだ、アリシア」

『《聖域結界(セイント・オブ・ガーデン)》』

大聖女の結界は例え災害級モンスターですら阻む。まさに人類の守護者『大聖女』の名にふさわしい力だ。

が、俺がそんな風に感慨にふけっていると、

「いえ、アリアケさん。いい加減余裕のないスキル使用はやめましょうよ。私、心配で心臓が止まります」

どうやら、不服であったようだ。

「ハインリッヒの意識が多少残っていたようだし、俺を狙ってくることはお前も予想できていただろう?」

「いえ、そーいう問題じゃありません。もう。……だって、もしもアリアケさんに怪我でもあったらどうするんですか……」

「ん?　何だって?」

後半が聞き取れなかった。まあ、それにだ。

「アリシアが陰で色々努力して実力をつけていたことは知っているからな。きっと勇者パーティーを支えるために頑張ったんだろう。そんな頑張り屋のお前だからこそ信頼している。問題ないさ」

「なっ!?」

なぜかアリシアが絶句した。まずいことを言ってしまったのだろうか？

「……く〜……、惚れた弱み〜……。それに誰のために努力したかなんて決まってるでしょうに〜、くうぅ〜……、もう〜、なんでもありません!!」

何かブツブツ言いながら顔を真っ赤にした。

よく聞こえなかったが、どうやら、また怒らせてしまったようだ。

恐らく、デリカシーのない俺がまた何かしてしまったのだろう。

まったく、どうすれば、彼女に嫌われないような男として、振る舞えるようになるのやら。

と、そんなやりとりをしているとコレットが、

「か……」

か？

「かっこいいいいいいいいいいいいいいいいいいいい!!」

なぜか目をキラキラさせていた。

「旦那様もアリシアも、秒レベルの予測をしながら戦っておるのか!?」

そして何やら興奮していた。

「まあ、これくらいはな」

「こういう強敵の時は、むしろせざるを得ませんね」

俺とアリシアはあっさりと答える。

「わ、わしもそれやってみたい！　かっこいいからっ！」

興奮気味に言う。うーん、しかし、

「止めはしないが、面倒だぞ？　それにこういうのは適材適所だ。全員がやる必要はないさ」

「やれんでも良いのか？」

いい、と俺は頷く。

「全体を見渡せる支援スキルや支援魔法使いがやればいい仕事なんだ。前衛がそんなことまでしていたらパンクする。それに、だ」

俺はにやりと笑う、

「コレットはちゃんと活躍している。お前のおかげで敵について分かったことが二つある」

「二つ？　一つではないのか？　再生能力があるという」

「一つ目はそれだ。驚異的な再生能力。そして二つ目は……」

結界の向こうの化け物を見据えつつ、

「『弱点』だ。『傷を傷のままにはしておけない』というな」

俺はそう言って敵殲滅のための作戦に着手したのである。

「傷を傷のままにはしておけない？」

　コレットが首を傾げた。

　それにアリシアが答える。

「かつて人は『回復魔法』とは一体何なのか、ということを盛んに研究した時代がありました」

「回復は回復ではないのか？」

「少し、違います。回復とは復元である、というのが当時の答えです。つまり、元の形に戻ろうとする力を利用しているのが回復魔法の神髄なのです。つまり、ヘル・ミミックのあの能力は回復とは言えません」

「確かに復元ではない。むしろあれは創造じゃ……そうかっ！」

「理解が早いですね、コレットちゃん。そうです。つまり、『ダメージは十分に通っている』んです。『効いていないわけではない』のです」

「その通りだ。コレットが最初に言った通りだったな」

　俺は微笑む。

　コレットは、

「ほえ？　わし、何か言ったかの？？？」

　と頭に疑問符を浮かべた。

「言ったさ。『宝箱になって冒険者を待って襲い掛かる、つまらないモンスター』とな。その通りだ。俺たちは……いや、いつも冒険者たちはミミックの擬態能力に騙される。奴の『創造』は、傷つけられれば、更に強くなると相手を怯えさせ、手を緩めさせることにある。そうやって冒険者が騙されているうちに、驚異的な再生能力で本当に回復してしまうんだ。このトリック（擬態）が見破れなければ絶対に勝てない」

「なんちゅうずる賢いっ……！」

「まあ、相当強いのも本当だがな。ＳＳＳの災害クラスだ。だがタネを知れば俺たちの敵ではない。行くぞ！」

「「はい（なのじゃ）！」」

俺の掛け声とともに、皆が一斉に化け物へと肉薄する。

『ギュオオオオオオオオオオオオオオオオオ。アビアベビババアァァアアアアアアアアアア!!』

おぞましい叫び声が耳朶をうつ。

だが、それは化け物の未来の断末魔だ。

俺はスキル使用を開始する。

「《全体化》」

「《連撃》」

「《疾風迅雷》」

「《硬直無視》」

スキル効果が発揮された途端、俺たちの動きはそれまでの１００倍を超える。

「ぬおおおおおおりゃあああああああああああ！」

コレットが再び殴りかかる。

ぐしゃっ、という音とともに、化け物の体に穴が開いた。

もちろん、すぐにゴボゴボと再生が始まろうとする。

しかし、

「しゃらくさいです！」

アリシアが持っていた杖でその部分を正確に突き刺す。

『ブオオオオオオオオオオオオ!?　アジシアァアアアアアアアアア!?　オボベエ……』

化け物が怨嗟の声を鳴り響かせようとする。が、

「その隙さえ与えぬのじゃ!!」

『ブバァア!?』

化け物が初めて悲鳴を上げたように思った。でかい眼球が恨みがましくこちらを睨み付けてくる！

再生能力を俺たちの破壊が上回ったのだ。

「《連撃》は一撃が複数回攻撃になる変わったスキルだ。ダメージは変わらないんだがな！　っと！」

俺も二人に負けじと、再生を始めようとする体に、鋭い蹴りを穿つ！

『アビアベエエエエエエエ！』

くぐもった怒声。

一瞬にして触手が殺到し、蹴りを放って体勢を崩した俺を嬲り殺そうとする。

だが、

「《疾風迅雷》は高速化。《硬直無視》は攻撃時の隙がなくなるスキルでな」

触手が殺到した場所にすでに俺はいない。

一瞬にして化け物の背後へと回り込み、更に傷口を連続で攻撃する。

「それでもギリギリだな！　凄まじい回復能力だ」

「それを言うなら『ギリギリ行けそう』ですよ、アリアケさん。私たちの相性が、ええ、ええ、ぴったりだからですよ」

「完全に同意じゃ！　アリシアはええことを言う！」

確かに俺たちのコンビネーションはすさまじかった。

スキルで高速化し、攻撃の隙間時間さえなくなった俺たちだが、どうしたって発生する攻撃中の隙間さえも、３人が連携することで埋めてしまう。

まさに、滝にうたれるかのように化け物の体がどんどん削られていった。

『ババベ！　ババベベ！　バアアアアアアアアアアアア!!』

化け物の声は途中から怒声ではなく、絶叫へと転じていた。

再生も創造も間に合わない初めての事態に、ヘル・ミミックも、辛うじて残ったハインリッヒの意識の残滓も恐慌状態に陥る。

『ブ、ブオオオオオオオオオオオオオ！』

と、ヘル・ミミックがついに俺たちに勝つことなど不可能だと悟り、触手を使って逃げ出した。

触手は天井へと張り付き、まるで重力などないかのように、天井を疾走し始めたのである。

「ダンジョンから脱出する気か!!」

「低階層ですからすぐに外です」

「どうするのじゃ!?」

「決まっている！」

俺たちは追いかけた。だが、すぐに追いつくことはなかった。なぜなら……。

出口が見えた。

煉獄神殿の出口には大きな扉がある。

そこは開け放たれていて、ヘル・ミミックはそこからシュルリと外に出た。

俺たちもすぐに後を追って外に出る。

巨大な眼球は振り返り、逃げおおせたと厭らしく醜悪に嗤った。

まさにヘル・ミミックという化け物とハインリッヒが融合したことを確信させるような笑みであった。

だが、

『!?』

俺も笑っていた。

「アリアケさんの作戦通りですね」

アリシアの言葉にうなずく。

そう、全ては狭いダンジョンでなく、外におびき出すための布石。

俺はまんまと罠にはまった間抜けな化け物を指し、自分のドラゴンへと指示を出した。

「《決戦》付与。暴れてやれ、コレット!」

「了解! 旦那様! さあ、外なら容赦せんぞ! ヘル・ミミック!」

カッという光とともに、少女は数秒だけ真の姿を取り戻した。

「なんて綺麗……」

大聖女が天の竜を言祝ぐ声が聞こえた。

神とうたわれしゲシュペント・ドラゴン。

黄金竜とも呼ばれた神竜。

『ヘル・ミミック、そして、ハインリッヒ。我が竜騎士アリアケ・ミハマ、そしてコレット・デューブロイシスの名のもとに貴殿を断罪する』

『ア、アアアアアアアアアアアアアアアアアアアアアアアアア!?』

「死をもって、わしの前から消え失せよ。焔よ立て(ラス・ヒューリ)!」

瞬間、竜の口より全てを溶かす熱線が発せられた。

それは一条の光となって、天を衝く。

まさに神の作りし光の柱。

『ンギョオオオオオオオオオオ……オ……オ……オ………ォ……………ォ』

どれほどの再生能力を持っていようとも、神の怒りがその全てを燃やしつくすのに時間はかからなかった。

そして、

ポン!

軽い音を立てたかと思うと、人の姿に戻ったコレットが天から落っこちて来た。

俺はそれをキャッチする。

「相変わらず手加減を知らん奴だ」

「いやぁ、ついついな。じゃが、めっちゃ気持ちよかったわい!!」

ぬはは！　とコレットは俺の腕の中で無邪気に笑ったのだった。

「うーん、やっぱり美少女は強いうえに天然で可愛いんですねえ。私も頑張らないとですね、よよよ」

なぜかアリシアが羨ましそうにしながらへこんでいた。

ともかく、こうして俺たちは一人の哀れな貴族の陰謀を打ち破ったのであった。

「やれやれ、それにしても予定していたよりも少し大騒動になってしまった気がするな。ま、騒ぎになって目立たないうちに早く次の街に行くことにしよう」

そんな俺の言葉に、なぜか二人の少女は苦笑を返したのである。

「どこだ、どこに行った!?」

「あっちじゃないか!?」

どたどた。

「ふう、何とかまいたようだな……。ちっ、どうしてこんなことになった……」

俺は遠ざかる足音を聞きながら、フゥと額の汗をぬぐう。

キング・オーガでもヘル・ミミックでも逃げる必要など皆無だった。

だが、俺は今、余りにも手に負えない相手たちから逃げ回っていた。奴らはいつもどこからか俺の居場所を嗅ぎつけてしまう。

「くっくっくっ、捕まえましたよ……」

と、いつの間にか俺の肩に手がのせられていた。

「馬鹿な!? 俺の隙をついて背後をとっただと!?」

戦闘では絶対にないことが発生して、俺は狼狽する。

しかも、相手は悪質だった。あろうことか、

「おおい！ こっちにいらっしゃったぞ！」

まずい！ こいつ仲間を呼びやがった。

「くそ!! 離せえええええ！」

俺は振り切るように駆け出す。しかし、後ろからはワラワラと街の人たちが追いかけてきていた。

「いい加減にしてくれ!?」

俺はたまらず絶叫する。

しかし、

「何をおっしゃいますか！ アリアケ様！ アリアケ様こそ止まるべきですよ！」

「そうですよ、大賢者様！ あの悪徳貴族ハインリッヒを倒した大英雄様！ 大英雄様のサインが欲しいのは当然ですよ！」

「その通りです。街を以前のような平和な状態に戻してくれた真の大賢者様に一言お礼を言いたいだけなのです！ それから逃げるアリアケ様こそが罪だと言えましょう！」

何と反論が飛んでくる始末だ。

「まぁ、しょうがないですね～。はい、大結界」

と、いつの間にか現れたアリシアが結界を張って、住民たちの行く手を遮った。

遠ざかる彼らからは「くそ～、また逃げられた」との怨嗟の声が聞こえてくる。

「何がしょうがないんだよ……」

俺は不平を言った。

だが、

「え？　言いましょうか？　まず悪徳貴族ハインリッヒを打倒したこと、獣人への差別を体を張って止めたこと、ヘル・ミミックなんていう災害級モンスターの被害を未然に防いで街と人々の命を救ったこと。なお、その際に街の資源であるダンジョンを一切傷つけなかったこと。教団からもお礼が来ているくらいです。細かいことを言うと、あと何個もあるんですが、言っていいですか？」

「分かった。俺が悪かった。頼むから勘弁してくれ」

俺は嘆息する。

「そうですか。ただ、もう一つ、私……というより教団からもお礼を申し上げなくてはなりません。これは、公式なものです、大賢者アリアケ様」

「はっ？　教団から？」

俺がポカンとしていると、

「我が教団の教義に反する獣人への差別政策。それを取るハインリッヒを倒していただき本当にありがとうございました。ここに深くお礼申し上げます。英雄アリアケ・ミハマ様。これは公式に大教皇から私経由でもたらされた、公式なるお礼です。あの、もし教団本部にいらっしゃって頂ければもっと他の形で謝意を示すこともできますが……」

「もう一度言おう。勘弁してくれ。それほど大したことをした覚えはない。お礼と言うなら、放っておいてくれ。田舎でゆっくりするつもりなんだから」

「大したことしまくったということを、先ほどあんなに力説したのですけどねえ……困った人ですね、アリアケさんは！」

やはりアリシアは呆れたように言った。

やれやれ、俺はまた無自覚に、偉業を成し遂げてしまっていたらしいな。

だが、驚くことに彼女は屈託なく微笑んでいたのである。まるでかつて村でそうしていたように。

「それはともかく、アリアケさん。私ちょっとだけパーティーを外れます。あ、すぐに帰ってきますので、そこはご心配なく。というか、アリアケさんのせいなんですけどね。こんな英雄的偉業がなされたせいで、大教皇様がひどく興味を持たれて、わざわざ今回の一件を教団に詳しく報告するように言われちゃったんですから」

「すまなかったな。あまり目立たないようにしているつもりなんだが……どうしても目立ってしまうんだ」

「アリアケさんは普通じゃないですから、しょうがないんですけどね。はぁ……」

アリシアが諦めたように言った。

では、と言って、アリシアが足早に去って行く。コレットにはもう別れを言ってあるらしい。すぐ戻ってきますからね、と念押しをして去って行った。

と、その時。

俺の隣にいつの間にか一人の女性が立っていた。

俺より少し年上に見える、真っ白な美しい髪を長く伸ばした女性だ。

俺をその切れ長の目で見て、なぜ微笑むようにして細める。

「やっと会えたな。我が主？」

「主？」

何を言っている……。そう言おうとしたのだが、

「我はフェンリル。アリシアの従僕。……だが、アリシアが主様と会うのを許さなかった理由がよく分かった。主様……またすぐに会おうな。できれば二人とかで」

そう言うと、俺の頬にその冷たい唇を不意に落としたのである。

不意打ちすぎて、かわすこともできない。

「何を……」

だが驚く暇もない。

その瞬間、ぶわっと季節外れの雪が舞ったかと思うと、女性の姿はどこにも見当たらなくなっていたのだから。

「やれやれ」

これほど隙を突かれることは、普段めったにないのだがなぁ……。

俺もまだまだだと反省するのであった。

アリシアと別れ、俺がこっそりと路地裏から、泊まっている宿屋に向かっていたところ、２つの気配が近づいて来た。

「ああ、やっぱりこちらでしたね。アリアケ様。我々獣人族を助けてくださり本当にありがとうございました」

「今回は本当にありがとうございました。大賢者様の神話のような戦いを見られて、本当に私たちは幸せ者です」

ハスとアンであった。獣人の鼻をあざむくのはやはり難しいか。

「なに、俺一人の力ではないさ。お前たちの協力があったからだ」

「本当に謙虚な方だ。本来ならばあなたこそが勇者であるべきだと思うほどに」

「そんな真の英雄様に、少しでもお役に立てたのなら、私たちはそれだけでも生まれて来たかいがあったと思います。大賢者様」

「ふ、まあ感謝はもらっておくさ。それではな」

立ち去ろうとするが、

「ああ、お待ちください。アン……あれを」

「はい、お兄ちゃん」

？

俺が首を傾げていると、アンはリュックから一つのアイテムを取り出した。どうやら鈴のようだが……。

俺はそれを受け取る。

「これは一体なんだ？」

「この街の犬耳族全員の感謝のしるしです。もし、アリアケ様が何かお困りになられましたら、その『暁の鈴』を御鳴らしください。この街の犬耳族全てが万難を排し、主人アリアケ様のもとへかけつけましょう！」

「は？　主人？」

俺は唖然とするが、二人は構わずにザッと音を立てて片膝をつく。そして、

「この街の犬耳族の総意でございます。我ら犬耳族は主人と認めたかたに一生尽くす種族。どうか御身(おんみ)の手足と思ってください」

「はい、お兄ちゃんの言う通りです。大賢者様が世界をお救いになる際、どうかお使いくださいませ」

いやいやいやいやいやいやいや。

「俺なんかの配下になってどうする……。それに、俺は別に世界など救うつもりはない。それは勇者たちがきっと果たすだろう。だから、俺の配下になんてなる必要は……」

俺はそう言って断ろうとするが、

「そうですか……。アリアケ様の配下になれないのでしたら、もはや自害するしか……」

「そうだね……お兄ちゃん……」

「なんでそうなる!?」

俺は狼狽する。なぜか貴族ハインリッヒを倒した後の方が余程大変な目にあっている気がする。

「私たちの忠義とはそれほど厚いものなのです。主人に捨てられたとなれば、果てるしかありません」

「ですから、どうかご慈悲を。どうか配下にしてください!」

二人はそう言って頭を下げる。

やむを得ない。犬耳族が確かに忠義に厚い種族だということは知っていた。

これほど厄介だとは思っていなかったがな!

「分かった……。配下にする。が、俺は別に世界を救ったりするつもりなど毛頭ないし、呼び出すことなど……」

「良かった! きっと御恩は返します!! アリアケ様!! 誰も助けてくれないと思っていたあの絶望の中で、助けてくださり本当にありがとうございました! あなたこそ我々の光です!」

「ありがとうございました! 私たちの英雄です! 光の大賢者、アリアケ様!」

そう言って感激と嗚咽の声を漏らしたのである。

やれやれ、当たり前のことをしただけなのだがな。

だが、俺はそう言わず二人の頭をなでてやるのであった。

二人は嬉しそうに笑い、そして改めて俺に忠誠を誓ったのである。

パカパカと馬車が走る。御者台の俺はため息を吐きながら、

「はぁ、やれやれ。大変な目にあったなぁ……」

俺はそう言いながら嘆息した。

最後まで見送ろうとする者が殺到して大変だったが、何とか無事（？）出発することができたのである。

「出発というか、脱出であったな。かかかかか！」

隣のコレットがカラカラと笑っていた。

「お前は最後までうまく隠れてたな！」

「旦那様が主役なのじゃから、奴らの目から逃れるのは簡単じゃったよ」

「この裏切者が！」

かかか！　とコレットは楽しそうに笑った。

やれやれ、と俺はもう一度嘆息した。

「とにかく次の街を目指そう。オールティへ行くには海を渡る必要がある。海洋都市『ベルタ』を目指すぞ」

「了解なのじゃ！　我が旦那様！」

コレットは上機嫌で答えた。

俺はそんなコレットを見ながら、今回の一件を考える。

誰も気づいていないようだが、今回の事件はハインリッヒ一人が引き起こしたものではない。

あの魔剣がミミックだったのは偶然ではない。誰かが仕組んだのだ。

アリシアの使い魔からの情報によればあの魔剣をハインリッヒに渡した『あの方』という存在がいる。

だが、調査してもその痕跡は一切見つけられなかった。

（それに、それだけではない）

俺は『エルフの森の枯死』事件、そしてメディスンの町を襲った『魔の森』事件のことを思い出していた。

（二つの事件にはそれぞれ違和感がある）

『エルフの森の枯死』、それに『魔の森』も魔素が溜まる速度が速すぎた。

本来なら間伐をしないからと言って『エルフの森の枯死』が、あれほどの速度で進むことはないし、『魔の森』があれほどのスピードで第3段階《裂花》に進むことはない。

（それに、コレットの事件のこともある）

まるで、

『誰かが闇を振りまこうとしている』

俺の脳裏にふとそんな言葉が閃いた。それはきっと俺だから気づけたことだろう。

だが俺は肩の力を抜いて微笑む。

引退した俺には関係ないことだ。

そして、きっとその大いなる闇に、俺の幼馴染である勇者パーティーたちは勇敢に立ち向かうことだろう。

俺はビビアたちのことを思い出す。

大聖女がついて来てしまったことだけが誤算だが、俺はこう思った。

『勇者パーティーを追放された俺だが、俺から巣立ってくれたようで嬉しい。今後は求められても助けてやれないが、お前たちならきっと大丈夫だと期待している。……なので大聖女、お前に追って来られては困るのだが？』と。

「それより知っておるか、旦那様」

と、考え事をしている俺にコレットが言った。

「勇者パーティーじゃが、どうやら王都に招待されたらしいぞ？　何でもワルダーク宰相がじきじきに呼び出して歓迎会をするとのことじゃ。そう新聞屋に出立した際、聞いたのじゃ」

「ほう、そうなのか。……うん。なぜだろう。妙に心配になってきたぞ？」

俺は特に根拠もないのに、なぜか、すさまじい不安に襲われる。

何やら勇者パーティーが、これからまさに足を踏み外していくような、そんな妙な予感がするのだが……。

いやいや！　俺は首を振る。

ま、まあ考えすぎに違いない！

俺は頑張って気をとりなおし、次の街へと馬車を進めたのであった。

5・5、聖女さん、号泣する

「ふぇぇぇぇぇぇぇぇぇぇぇぇぇぇぇぇぇぇん！」

私は教団に向かう馬車の中で伏せって泣いています。

泣かずにいられましょうか!?

だってだって、せっかくアリアケさんと再会して、さぁ、これから！　という時に教団本部から呼び出しだなんてぇ！

し、しかもっ……！

私はガクガクと震えて、自分の肩を抱きます。

あ、あの可憐の粋を集めたような美少女、コレットちゃんと二人っきりっ……!!

「うあああああああ…………」

絶望しかありません。

別れ際だけはアリアケさんの前だからってクールな聖女さんでしたが、今は無駄に広い馬車の床でゴロゴロとのたうち回る聖女さんなのです！

「ま、アリシア、少し落ち着くがよい」

と、美しい白い毛並みの子犬の口から人語が発せられた。

私の従僕フェンリルさんです。

「これが落ち着いていられましょうか……。ああ、アリアケさんは今頃何をしていらっしゃるのでしょうか、しくしく」

「そうじゃなあ。まあ、あの様子じゃったら、遠くない未来ですぐに再会できるじゃろ」

「……え？　『あの様子』……？」

「ちっ……こいつは失言じゃった」

ちょっと、フェンリルさん!?

「私、会っちゃだめって言いましたよね!?　主たる私が、言いましたよね!?」

「最近、物忘れが激しいのでなぁ。わははははは」

「絶対覚えてますよねっ！　ていうか、会って何を話したんですか、したんですかっ……。さあ、きりきり吐きなさーい！」

そんなこんなで私の大声が道中に響くのでした。

くぅぅぅ、アリアケさん、あなたの大聖女がすぐに戻りますからね～！

それまで他の女にとられちゃ嫌ですよ～（泣）

（終）

あとがき

こんにちは。初枝れんげです。

この度は本作をお手に取っていただきまして誠にありがとうございました。

読者の皆様に心よりお礼申し上げます。

さて、本作を読んでいただき、いかがでしたでしょうか？

「面白かった」なら万々歳。

「つまらなかった」でしたら、正直トホホですが……。

よろしければ、私のツイッターや、本作を投稿しているサイト「小説家になろう」に、率直なご感想やコメントをお寄せいただけると嬉しいです。

小説は日々の修練が大事ですので、真摯に受け止めて、次の執筆に生かしていきたいと思います。

本作につきましては、ヒナプロジェクト様が運営される「小説家になろう」で連載していた作品の書籍版となります。

ネット版の方とは違って、大聖女アリシアが追いかけてくる描写が挿入されたり、様々な箇所の展開が違っていたりしていると思います。

もし、ネット版をまだお読みではない方は、読み比べなどをしていただいても、面白いと思います。

あれ？　ここの展開、変わってる。

そんなふうな気づきがあると思います。

また、本作は実はコミカライズも決定しています！

詳細が決まり次第皆様に情報をお届けしていきますので楽しみにしてくださいね。

さて、本作のキャラクターについては、何と言いますか、少し独自な性格をしていると思われた読者の方が多いかもしれません。

主人公のアリアケ・ミハマですが、彼は幼い頃に神からの啓示によって、幼馴染をバックアップすることを運命づけられます。

そのせいもあってか、性格が自然と上から目線で、しかも本人に悪気はありません。

他の作品で見かけたことのないタイプの主人公なので、読者の皆様がどんなふうに受け止めてくださるのか、私もハラハラしています。

キャラクターは勝手に動くことが多くありまして、アリアケもホントに、勝手気ままに動いて場をかき乱していきますので、親のような目線で終始ハラハラしてしまうわけです。

次にヒロインですが、大聖女アリシアと、ドラゴン娘のコレットが登場しました。

いわゆる2大ヒロインということで、どちらも一癖二癖ありつつも、とても可愛らしいと思います。

大聖女の方は、アリアケのことがとても好きなのですが、どうしてもアリアケの前では素を出せず、ちょっとクールを気取ってしまいます。

それに日々悩んだりしているわけですが、まさに恋する乙女なんですね。

世界で唯一、蘇生魔術が使える選ばれた人間なのですが、悩み事と言えば、同じ年ごろの少女たちと全く同じというわけです。

そして、教会の要職につくなどして偉くなってしまったために、アリアケとの時間を奪われる始末。

彼女の悩みは尽きません。

ただ、明らかに天然なところがある少女なので、そんな障害もきっと乗り越えていくことでしょう。

どうするのか、作者としては見守ることしかできませんので、ぜひとも頑張って欲しいですね。

次にコレットですが、彼女は１０００年ほど封印されてしまっていたドラゴンの不遇な娘です。

同族に呪いをかけられて、弱体化されていました。

普通なら心が折れてしまうところですが、ドラゴンという種族がそうさせるのか、彼女の豪放磊落な性格がやはりそうさせるのか、へこたれず、なおかつ助けてくれた王子様？のアリアケに引っ付いて、どこまでもどこまでもついていきます。

いじらしくて可愛いですね。

余談ですが、柴乃櫂人(しばのかいと)先生に今回イラストを描いていただいた中で、一番のお気に入りがこのコレットでした。

赤い髪がとてもキュートで、表情がころころと変わって可愛らしいですね。

よくぞ私のつたない描写から、ここまでの綺麗で可愛いイラストになるものだと、舌を巻いてしまいます。

柴乃櫂人先生が描いてくださったことが、本作最大の幸せだと思っています。

ありがとうございます。

いやぁ、本当にイラストレーターさんというのは、すごいお仕事だと思う次第です。

とまあ、そんなことを思いつつ、彼女たち2大ヒロインとアリアケの関係も目が離せないなと思っています。

そしてそして、忘れてはいけないキャラクターは、本作の勇者、ビビア・ハルノアですね。

確かにビビアは最低でゲスい考えを持っている男で、好かれる要素は一つもないかもしれませんね！（おいおい……）

ただ、こういう悪役というか、ゲスなところがあるキャラクターって、私はどこか魅力を感じてしまいます。

だから、ビビアだけじゃなくて、デリアもエルガーもプララも、みんな私は好きなんですよね。

正義の主人公サイドはもちろんカッコいいし、好きなのですが、悪者サイドにも悪の理屈があり、何と言うのか、それはそれで人間臭さみたいなものがあると思うのです。

金に汚いとか、悪口を言うとか、平気で裏切るとか（笑）。

でも、そこがいい！

どこかリアリティがあるというか。

人間、できれば綺麗に生きたいけれど、なかなかそうはいかないじゃないですか？

もちろん、読者の皆様は私より余程品行方正に生きておられるとは思いますが（汗）。

まあ、とにかく、物語の主人公には出来ない部分を平然とやってのけるところがとても好きなんですよね。

なので私は他の作品を見ている時も、こっそりと悪役側を応援したりしています。

もちろん、最後は負けてしまうんですけどね。

でも、それでいいとも思います。

やっぱり最後は正義が勝たないといけません。

読者もやっぱりその方が楽しいですからね。

と、まあ、そんな作品の楽しみ方をしていたりします。

皆様の中にもそういう方はいらっしゃいますか？

また聞かせて下さいね。


さて、本作を書こうと思ったきっかけですが、普段からそういう物語の楽しみ方をしていたからかもしれません。

悪役は最後には負けてしまうかもしれませんが、いっそ主人公に負けないくらい活躍させてみたいなぁ、と。

そう深層心理にあったことがきっかけなのでしょうか。

まあ、本作を読んでいただくと「あれって活躍なのか?」と思われるかもしれませんけど(汗)。

ですが、ビビアたち勇者パーティーの行動や失敗を見て、きっと面白がっていただけたかと思います。

いかがでしたか?

心に残った失敗シーンがきっと幾つもあるはずです。

それこそが活躍というものだと私は思います。

皆様の心に少しでも笑いをもたらしてくれたら、これほどキャラクターが生きる瞬間はありませんからね。


さてさて、最後に締めの言葉とさせていただきます。

今回のストーリー、皆様、いかがでしたでしょうか?

次巻では新キャラクターも登場し、アリアケパーティーも更に賑やかになります。

そして、徐々に正体が明らかになる闇の者たちの存在。

今後どんな展開になるのか目が離せませんね!

というわけで、ぜひとも、お楽しみに。

ではでは、改めまして、本作で素晴らしいイラストを描いてくださった柴乃櫂人先生にはこの場を借りて深くお礼を申し上げたいと思います。

アリアケ、アリシア、コレット、そしてビビアなどなど。

登場したキャラクターたちの生き生きとしたイラストを描き上げてくださる手腕にはいつも感動しています。

……また、私のいい加減な依頼にもかかわらず、いつも素晴らしいイラスト、本当にありがとうございます（汗）。

繰り返しになりますが、本作が最も幸運なのは柴乃櫂人先生というイラストレーターに当たったということです。

間違いありません。

次巻もなにとぞよろしくお願いします！

また、いつも私のつたない乱文に丁寧に赤を入れて下さる編集S様、校正様、そして編集長様におかれましても、深く深くお礼を申し上げます。

皆様がいらっしゃらなければ本作が日の目を見ることはなかったでしょう。

レーベル創刊の一つに加えていただけたことも、本当に生きててよかったなぁ、と思います。

そしてそして、最後になりましたが、本作を手に取って下さった読者の皆様。

サイト掲載時から支えて下さった皆様。

本当にありがとうございました。

今後も更に面白い小説を皆様にお届けできるよう、精進してまいりたく思います。

引き続き応援の程、どうかよろしくお願いいたします。
初枝れんげでした！

11月吉日

巻末おまけ短編

これは、とある日の出来事。

俺と大聖女アリシア、そしてドラゴン娘のコレットは旅の途中だ。

今は適当に入ったレストランでディナー中。

今日も少女たちのかしましい会話が始まる……。

「尻尾いいですね～。やっぱり美少女は違いますねえ」

「そうかの？　犬のようにモフモフとした感じではないから、余りチャームポイントにはならぬのでは？」

チラッとこっちを見る。

そのチラッの意味はよく分からないので、俺はとりあえず首を傾げた。

「いえいえ、守られているばかりが女性ではありませんよ！」

「ほうほう」

コレットは感心したように頷いている。

この二人は仲がいいのだ。

「むしろ、地面を割るくらいのパワーがないと、意中の殿方をゲットすることは出来ない時代になってきているのではないでしょうかね」

「なるほど、さすがアリシアなのじゃ。最先端の流行をよくおさえておる！」

コレットがニコニコとしながら同意する。

おいおい。

「待て待て、地面は割る必要はないだろう？」

意中の殿方が誰か知らんが、一体どこで使うつもりなのか？

「拉致監禁か？」

「そんな甘っちょろいことではありません！」

「ぬお」

思わず悲鳴が出た。

拉致監禁が甘っちょろいとなれば、その上はもはや……。

「殺して……？」

「いえいえ、そっちじゃありません。勘違いしないでくださいよね！」

「おっ、それって王都ではやってるツンデレってやつじゃの？」

「さすがコレットちゃんも長生きしてるだけあって、情報リテラシーが高いですねえ！」

「にょわはははは」

「話を戻しましょう。甘いと申しましたのは、地面を割る必要がない、とアリアケさんがおっしゃったくだりです」

「拉致監禁や殺しに使うのではないわけか」

「もちろんですよ。立場があるので、手段は選ばなくてはならないのです」

「若干引っかかるが、若干安心したかもしれない」

「安心頂けたようで何より」

ニコリと天使のように微笑む。

悪魔も天使のように微笑むのではないかと、なぜかそんな思考がよぎった。

「ほんで、アリシアよ。地面を割ると意中の男性をゲット出来るのか？」

「出来る出来ないではないのです。するんです！」

「!?　深いのう……」

コレットは感銘を受けたようだ。

「女子の会話というのは、本当に男には意味不明なことが多すぎるのでは？」

当然、俺の意見はスルーされ、

「確かにやる前から諦めていては前進も進歩もない！　まずは地面を割る。そこから先はまたその時になれば考える。そういうことじゃな」

「さすがコレットちゃん。飲み込みが早いです！　ドラゴンだけに！」

アリシアは微笑み、

「まずは地面を割ってみる。それくらい出来れば、えーっと、うーん、その意中の人に一生ついて行けるくらいの実力があるかもしれません。地面の割れ具合こそ愛のパワーなわけですから」

「確かに。愛がなければ地面など割れまいよ」

「ええ、愛ゆえに地面を割ることが出来るようになりました！」

確認しておこう。

「アリシアお前、本当の意味で地面を実際割れるようになったのか？」

「そうですが、どうされましたか？」

「確認しただけだ」

「ほほう」

「いや、昔は手合わせをしただろう？」

「そうでしたね。あの幸せな思い出時代」

幸せな思い出時代？

脳が理解できずに一瞬ショート気味である。

ま、それは置いといて、

「手合わせはもうできないなぁ」

「……は？」

アリシアが固まった。

何か意外な事実の告白があり、それに対して脳が理解を拒絶し、体が硬直状態に陥っている。というふうに俺には見えた。

どうしたんだ？

と、コレットが突然、

「おおーっと！　旦那様、（人間モードの）わしは地面は割れぬ（たぶん）！」

「コレットちゃん!?　まさかまさか」

「ゆえに日々一緒に鍛錬するのじゃ♫」

「裏切り!?　まさかの!?」

「てへ☆彡」

「あざとい！　許せる！　ああ、これが美少女の力なんですね!?」

裏切っても可愛い！などと、アリシアは頭を抱えて混乱していた。

「地面など割らなければよかった……」

「いや、今からでもやめたら、それ？」

俺はそう忠告するが、

「もうやらないと体がなまってしまいます。でも安心してくださいね」

「はぁ」

「確かに私は地面を割っちゃう感じの大聖女ですけど、体は別に筋肉質とかじゃないですからね。フワフワですよ。そこはね、女子として断っておきますからね。誤解しないでくださいね」

「そこの心配はしていなかった」

「そうですか。良かった」

「心配する立場でもないし」

「一言多いですね～、この朴念仁は、くあ～」

アリシアが頭を抱えた。

混乱したり、懊悩したりと、大聖女は何かと忙しい。

と、そんな大聖女の混乱の隙をつくようにして、コレットが言う。

「旦那様、ちょっとわしの尻尾を触ってみるがよいぞ」

「ふむ？　なんでだ？」

さわさわ。

「どうじゃ？」

「案外サラサラしてるな。気持ちいいよ」

「そうか。実は尻尾は結婚する相手にしか触らせぬのじゃよ」

「えっ、そうなのか」

「うむ、今作った設定じゃがな！　まあ末姫なので、それくらいええじゃろ？」

「職権濫用甚だしいな……」

「くあああ！　そんな直球アプローチまで!?　地面を割ってる場合じゃなかった。ああ、恐ろしい。

美少女は恐ろしい」

大聖女がやはり頭を抱えていた。

わいわい、きゃいきゃいと。そんな女子たちのかしましき夜は過ぎていく。

SQEXノベル

勇者パーティーを追放された俺だが、俺から巣立ってくれたようで嬉しい。……なので大聖女、お前に追って来られては困るのだが？　1

著者
初枝れんげ

イラストレーター
柴乃櫂人

2021年1月7日　初版発行

発行人
松浦克義

発行所
株式会社スクウェア・エニックス
〒160−8430
東京都新宿区新宿6−27−30　新宿イーストサイドスクエア
（お問い合わせ）スクウェア・エニックス　サポートセンター
https://sqex.to/PUB

印刷所
図書印刷株式会社

担当編集
鈴木優作

装幀
冨永尚弘（木村デザイン・ラボ）

ISBN978-4-7575-7027-6　C0093　　Printed in Japan